STEIN ERNEST MILLER HEMINGWAY EDWARD BU[...]
IGASHINO KEIGO HON LAI CHU YANG JIANG XI XI WILL[...]
C.S. LEWIS HARUKI MURAKAMI KENZABURO OE PIE[...]
DE SPINOZA FRANCOIS DE FENELON MARIE-LOUISE [...]
CK LAFCADIO HEARN JEAN AUGUSTE DOMINIQUE ING[...]
DURAS GUSTAVE FLAUBERT VIRGINIA WOOLF GAICO[...]
DLINOS CARL GUSTAV [...] RE EDWARD BU[...]
OND THORNTO[...] DORMER STAN[...]
THES FRANCOIS[...] KHOV MARK TW[...]
PO GILBERT WH[...] HILIP ROTH ED[...]
ETHE JOHANN PI[...] O TOLSTOY CO[...]
ES WILLIAM SOMERSET MAUGHAM KAWABATA YASUI[...]
A AKUTAGAWA RYUNOSUKE MARGUERITE DE NAVA[...]
HARTIER SCOTT FITZGERALDKOBAYASHI TAKIJI TEZ[...]
MINGWAY ELIZABETH GASKELL UMBERTO ECO KUNI[...]
LI CHU YANG JIANG XI XI WILLIAM SHAKESPEARE NATS[...]
AMI KENZABURO OE PIERRE ABÉLARD LEUNG PING K[...]
ENELON MARIE-LOUISE VON FRANZ LUCIUS APUL[...]
N AUGUSTE DOMINIQUE INGRES HENRY-RENÉ-ALB[...]
RT VIRGINIA WOOLF GAICOMO LEOPARDI SHUSAKU E[...]
LTAIRE EDWARD BURKE CHARLES LAMB JACQUES DER[...]
DORMER STANHOP LAWRENCE BLOCK HONORÉ DE BAL[...]
EKHOV MARK TWAIN BRET HARTE AÍSÓPOS JEAN D[...]
HILIP ROTH EDGAR ALLAN POE WILLIAM COLLINS JOH[...]
TOLSTOY CONAN DOYLE OSCAR WILDE DANTE ALIGH[...]
WABATA YASUNARI MURAKAMI TAKASHI CLIVE STA[...]
RITE DE NAVARRE ALFRED EDGAR COPPARD KŌDA RO[...]
TAKIJI TEZUKA OSAMU BRÜDER GRIMM GERTRUDE S[...]
RTO ECO KUNIKIDA DOPPO O.HENRY SAMUEL BECK[...]
SHAKESPEARE NATSUME KINNOSUKE JUNICHIRO TANI[...]
ARD LEUNG PING KWAN ANDRÉ ACIMAN BENEDICTU[...]
Z LUCIUS APULEIUS ERASMUS VON ROTTERDAM PAT[...]
-RENÉ-ALBERT-GUY DE MAUPASSANT MARGUERITE DU[...]
HUSAKU ENDO FRANCIS BACON MIGUEL DE MOLINOS [...]
CQUES DERRIDA G.K. CHESTERTON RAYMOND THORN[...]
ONORÉ DE BALZAC HOMER ROLAND BARTHES FRANC[...]
OS JEAN DE LA BRUYERE EDOGAWA RANPO GILBERT W[...]
DLLINS JOHANN WOLFGANG VON GOETHE JOHANN P[...]
TE ALIGHIERI MIGUEL DE CERVANTES WILLIAM SOME[...]

U0106556

讓希望催促自己趕路

99個故事 99種生活態度

米哈 ［著］

文學，
教我生活、
振作

在文學世界裡，我曾經在書上遇見一位智者，他被譽為「無與倫比的激活文學頭腦」，他是作家、批評人、學者，他是一個文人，他，就是羅蘭・巴特（Roland Barthes，1915-1980）。作為一名智者，他啟發了我（以及無數讀書人）對文學的各種成分之理解，以及思考一個人如何於文學的世界找到自己的定位。

羅蘭・巴特區分了作家（écrivain）與作者（écrivant），指出作家專注於語言的探索，而作者注重於以語言來表達。在《文藝批評文集》一書，羅蘭・巴特寫道：作家就是「一個公共實驗者」，即以公開的方式，透過文字為大眾進行各種思想與信念的實驗。

作家與他們的作品，賦予了作者一個任務：作家將信念

連上作品，而作者將作品連上讀者。在一篇題為〈何為批評？〉的文章中，羅蘭·巴特指出，作者的任務，其實不是要找出作品在過去的意義（或秘密），而是要為我們身處的時代建構一種可理解性。

「在我的一生中……」羅蘭·巴特說，「最吸引我的是人們如何讓他們的世界變得可以理解。」

在充滿紛爭與擔憂的時代，文學的角色、故事、名句，往往提示了我如何安身立命的正確態度。如果文學像羅蘭·巴特所說，是一種「公共的實驗」，那麼，我作為一個作者，希望能夠成為這個實驗的說明書，引導讀者於文學裡，找到處世的可能，以及可以讓彼此世界互相理解的方法。

此書收錄了我閱讀九十九個故事的後感，也想起了九十九種可能的生活態度。文學，讓我們的荒謬世界變得可以理解，也讓我找到片刻生活的可能。在此，文學，教我振作。

目錄

GASKELL UMBERTO ECO KUNIKIDA DOPPO
JIANG XI XI WILLIAM SHAKESPEARE
KENZABURO OE KOBAYASHI TAKIJI TEZUKA
ELIZABETH GASKELL UMBERTO ECO KUNIK
CHU YANG JIANG XI XI WILLIAM SHAKESPE
MURAKAMI KENZABURO OE KOBAYASHI TA
HEMIN   TH GASKELL UMBERT
HON LAI CHU YANG   ILLIAM SH
HARUKI
MILLER HEMINGWAY ELIZABETH GASKELL
KEIGO HON LAI CHU YANG JIANG XI XI WIL
LEWIS HARUKI MURAKAMI   OE
ERNEST MILLER HEMINGWAY ELIZABETH G
HIGASHINO KEIGO HON LAI CHU YANG JIAN
TANIZAKI C.S. LEWIS
GERTRUDE STEIN ERNEST MILLER HEMING
SAMUEL BECKETT HIGASHINO KEIGO HON
JUNICHIRO TANIZAKI C.S. LEWIS HARUKI MU
GRIMM GERTRUDE STE   H
O.HENRY SAM   HIGASHINO KE
KINNOSUKE JUNICHIRO TANIZAKI C.S. LEW
BRÜDER GRIMM GERTRUDE STEIN ERNEST
DOPPO O.HE
NATSUME KINNOSUKE JUNICH   IZAK
TEZUKA
ECO KUNIKIDA DOPP   UEL BE
SHAKESPEARE NATSUME KINNOSUKE
KOBAYASHI TAKIJI TEZUKA OSAMU BRÜDER
GASKELL UMBERTO ECO KUNIKIDA DOPPO

開始

01 ——————————— 19

chapter 1

01

放點石頭進去

「一個作家如果對人生沒有任何要求，那就不可能是一個真正的藝術家……甚至可以說，作者必須是個夢想家。」這是上世紀三十年代日本作家，也是日本無產階級文學代表人物小林多喜二（Kobayashi Takiji，1903-1933）的一番話。然後，我們會問：那麼，小林多喜二又是懷著什麼的理想寫作呢？

談小林多喜二，不得不說他的代表作《蟹工船》。《蟹工船》於 1929 年發表，作品描寫一班將蟹加工成貴價罐頭的工人，如何於蟹工船上的艱苦生活中覺醒，又從覺醒之中起來抗爭的故事。當年《蟹工船》刊出，日本政府便以「觸犯天皇罪」下令禁止發行，還傳召小林多喜二訊問：為什麼要在作品中寫下在獻給天皇的蟹罐頭裡「放點石頭進去」的字句？

或許，「放點石頭進去」就是小林多喜二作為作者的一份藝術要求。在開始寫《蟹工船》的時候，小林多喜二意識到他從杜斯妥也夫斯基（Fyodor Mikhailovich Dostoyevsky，1821-1881）的作品學到的人道主義思想，不但與他所經歷的現實生活矛盾，而且與他所想像的幸福矛盾。於是，他將「石頭」放進了作品裡，作品不再是追求浪漫的宣言，而是以現實主義作為基礎的寫作。

有別於一般無產階級文學歌頌抗爭者為英雄的處理手法，《蟹工船》的敘事並沒有附屬在特定角色的視點之下，而是強調著勞動者作為一個集體的存在。這班勞動者的唯一共通點，就是像作者寫道，「常常有人在睡不著的時候，喃喃自語：居然還活著呢……」

「居然還活著，他們就是這樣嘀咕著」，然而，這一班勞動者，漸漸在苦難中覺醒、抗爭，經歷失敗，卻又在失敗中認識到繼續前行的方向。

當讀者們以為他們最後會抗爭成功，故事結局卻以失敗的悲劇收場。小林多喜二說，這樣的寫法是他的一次「冒險的嘗試」，而我想，他的嘗試，成功將現實的石頭放進了想像的作品，沒有一個讀者會錯過這礙眼的石頭，也沒有一個讀者會不自問：究竟，我是否也在這蟹工船上呢？

以一技之長找回自尊

日本漫畫大師手塚治蟲（Tezuka Osamu，1928-1989）經典作《三眼小子》的開場是這樣的：在上學路上，三眼小子沿路跟每一個遇到的同學、老師，甚至陌生人打招呼、說早晨，大家都覺得他怪怪的，而他就是記著「這是昨天老師教導的，要做有禮貌的人」，後來他跟一班學霸說早晨，卻得不到對方回應。最後，他被學霸們掉進了游泳池。

手塚治蟲擅長以漫畫寫大歷史、社會事，但這一次，他畫的卻是他的兒時之事。手塚回憶說，他小時候是一個個子小、頭大、長得瘦，戴著眼鏡的「昆蟲相」小孩，同學都喜歡嘲笑他，還會唱歌作弄他：「大頭大頭，大搖大擺，今天又戴眼鏡來。看到了。看到了。六十公尺的眼鏡。」

同學欺凌他的手法各式各樣，例如玩「解剖遊戲」，十數人一擁而上，從襯衫到內褲，脫光手塚身上的衣服，然後

將他趕到走廊上。跟一般欺凌事件一樣,當一個人被認定為欺凌對象,他做什麼都會給嘲笑、作弄。於是,手塚只好逃避,他故意繞路回家,以避開在回家路上欺負他的同學,但反而吸引了同學用各種方法「追捕」他。

手塚逃避不了,也得不到家長出手救助。手塚的母親都知道同學們作弄手塚的事,但她的「處理」是每天等待手塚回家,跟手塚說:「你今天哭了幾次呀?」這樣的日子,維持了一段時間,這事在手塚與他妹妹的回憶錄中都有提及,而當時的手塚,只會搬出手指頭,數一二三,答道:「今天哭了八次。」

手塚母親的做法,以今時今日的標準,肯定是不及格。但在當時,卻真的逼使到手塚自行解決這個問題。有一天,他真的想出了一個道理:「為什麼我會被欺負得那麼慘,我的結論是:因為我樣樣都不行。」

因此,手塚開始嘗試尋找自己的長處,靠他的功課是不太行的,後來他也試過玩魔術,但不長久。最終,也是最像勵志漫畫的一幕:他成為了班上最會畫漫畫的人,也贏來了同學的認同。手塚的故事告訴我們:我們可以忍耐一時的欺凌,好作鍛煉、成長,直至以一技之長找回自尊,讓自己強大到連施虐者也自愧弗如。

03

不要成為施虐者

上一篇提到，日本漫畫大師手塚治蟲，小時候為了擺脫同學的欺凌，領悟到人要有一技之長，以尋到自信與位置。然而，關於手塚給同學欺凌一事，又有另一版本。

有一次，手塚的兒時伙伴石原實接受訪問，談及手塚的童年。在手塚口中，石原實就是那位在別人欺負手塚時，還願意跟他做朋友的人，他們一起採集昆蟲，還一起製作雜誌，分發給同學傳閱，而在這位手塚好友口中，「手塚君常常提到自己小時候被欺負，可是事實上那不該叫做『欺負』，應該說是『惡作劇』，小孩子都愛惡作劇嘛。」

無獨有偶，手塚的親妹妹美奈子也說：「大哥說他一直被欺負，可是我不這麼認為。他剛開始戴眼鏡的時候，的確被嘲笑捉弄了一陣子，剛進小學的時候，或許也被欺負

過……而大哥認為那就是『欺負』，常常反應過度，動不動就哭。」

石原實與美奈子的說法，反映了什麼呢？

我想，這無關乎記憶的真偽，卻引起了一個關於欺凌的問題：社會往往以玩樂之名欺凌，還怪罪受虐者的軟弱。很多欺凌事件，都在施虐者以為無傷大雅的情況下發生，但傷害，卻深深的記在受虐者的生命。

在訪談中，美奈子還回憶起一件事。原來在小時候，手塚三兄妹都愛畫畫，而手塚更視弟弟浩為自己的競爭對手，對浩的畫功充滿忌妒。為了避開手塚的騷擾，浩將自己關在父親的書房裡畫漫畫，還將畫作藏起來。有一次，手塚趁浩不為意，闖進了書房，還要美奈子一起找出浩收起來的畫。最後，手塚在浩的畫作上亂塗亂畫，好作破壞，而美奈子說：「我記得從那件事之後，二哥就不再畫漫畫了。」

從給同學欺凌，直到以漫畫找回自尊，又因此而欺凌自己的弟弟，手塚的這段往事，不是勵志，卻是一種警醒。受虐者，也可以是別人的施虐者，當我們天天問自己哭了幾次的同時，記得也問自己：你今天弄哭了別人幾次呢？

04

不要以別人的惡
去掩飾自己的惡

童話故事有一個特點，就是「大家」彷彿都接觸過這個故事，但總是長期處於朦朦朧朧的狀態：有些故事想起了開頭，又忘了結尾，故事與故事甚至在腦海中混亂，A 故事接上 B 故事的片段，C 故事的角色又出現在 A 故事裡。其實，我也不知道大家是否都是這樣，但至少，這是我的狀況。

其中，《糖果屋》的故事，就叫我混亂了好一陣子。我想，主要原因是它涉及了兩個著名的情節：一是掉麵包屑尋回家路，二是糖果屋。

話說，一對兄妹與父親和繼母住在森林的入口處。一家四口生活困頓，繼母便向父親提議將孩子帶到森林深處遺棄。兄妹偷聽到此事，便準備了白石子，從家出發開始沿途

遺下，最後他們沿著白石子找到回家的路，逃過第一劫。

到了第二次，兄妹沒有機會準備石子，只好沿路留下麵包屑，可惜這一次，鳥兒吃光了他們留下的麵包屑。在森林迷路的絕望中，他們看見了一間由糖果築成的屋子，兄妹們起勢就吃，殊不知這是巫婆的陷阱，為了引誘孩子作食物。最終，巫婆沒有成功吃掉這對兄妹，反而給兄妹燒死了，兄妹還帶著糖果屋裡的寶物，回到父親的家，從此幸福生活。

以上是我一般聽到糖果屋故事的簡單版本，但當我翻開《格林童話》的相關研究時，才發現這些口耳相傳的版本，都忽略了兩個細節：首先，故事中那陰險毒惡的繼母，在初稿中其實是生母，直到 1840 年的改版，格林兄弟才將親生母親改為「繼母」（事實上，《白雪公主》的故事，也有類似的改寫處理）。

第二個細節，就更有玩味了。原來，糖果屋故事（原題〈漢賽爾與葛麗特〉）的結尾，是這樣寫的：「故事到此結束。你瞧，有隻老鼠在那裡走來走去呢！誰來捉住牠，替我做一大條毛皮頭巾吧！」你想到什麼呢？我想到的是，那巫婆與繼母當然壞，但那一對謀財害命，活活燒死巫婆，盜人財產的兄妹又如何呢？

05

珍惜艱難的友誼

在 1922 年 2 月，葛楚·史坦（Gertrude Stein，1874-1946）
與海明威（Ernest Miller Hemingway，1899-1961）初次見
面，當時史坦四十八歲，海明威二十三歲。憑著她主理的
巴黎沙龍，本身也是作家、詩人的史坦，當時已經是文學
及藝術世界的看門人，也因此被譽為「現代主義之母」，
而當時的海明威才剛開始踏上作家之路。

海明威回憶起這次見面，在她位於花街二十七號的家，
「如果不是大壁爐帶來的溫暖舒適，他們提供享用的美
食、好茶，以及從紫梅、黃梅與野莓榨取的天然果汁，這
地方就像是在頂尖博物館裡頭的一間展示廳。」

從此，史坦成為了海明威亦師亦友的導師，指點他的寫
作，抑制海明威總是想在小說中以批評別人而抬高自己的

傾向，也啟發他獨有的文字感覺，終於寫成了他早期的代表作〈大雙心河〉。

另一邊廂，海明威也是知恩圖報的人，在他回憶錄的第一章便命名為〈史坦小姐的教誨〉。事實上，儘管史坦身為當時的文壇「教母」，但她受人尊敬的是她的鑑賞力，而不是她的創作。

史坦的多部作品一一遭到出版社的拒絕，海明威有見及此，便為她的《美國人的形成》一書四處奔走，最終說服了編輯，而海明威自己更為這只有一本手寫原稿的兩千頁巨著，親手謄寫為打字稿。這不是一份工作，而是友誼的證明。

然而，文人之間的友誼，總是特殊，又撲朔迷離。話說，成名以後的海明威寫起了一本諷刺文人同輩之作，名為《春潮》（此作的形成說來話長，研究者推測是他用之於毀約之用）。

《春潮》卻有這樣的一段，「哈，是那個女人呀！她做的那些文字實驗到底要把她帶到什麼境地？……早晨的巴黎，黃昏的巴黎，夜晚的巴黎，早晨的巴黎，中午的巴黎，或許可以這樣講吧，為什麼不可以這樣？」這一段明

顯玩弄史坦重重複複的文字風格，令人想起（不少人詬病）她的名句「玫瑰是玫瑰是玫瑰是玫瑰」。

但，你以為這代表他們交惡？相反，可能這是證明他們友誼的堅實，文人之間的友誼，就是特殊。

貧窮，可以快樂

窮困，真的會阻礙我們快樂嗎？

十九世紀英國小說家伊莉莎白・蓋斯凱爾（Elizabeth Gaskell，1810-1865）的作品，一向以仔細描述維多利亞時期普羅大眾的生活而聞名，其中，書寫女性與貧窮的角色尤其出色，或許能夠幫助普通讀者如我，思考一下貧窮與快樂的關係。

蓋斯凱爾夫人最早一篇發表的小說，名為〈莉比・瑪什一生中的三段時間〉。故事描述主角莉比，身為孤兒，無父無母，生活困苦，卻有一顆善良的心。後來，莉比遇上了一對母子的同屋人，母親是不受鄰人歡迎的寡婦，而兒子卻是一個乖巧的小孩。

有一天，莉比想逗那小孩開心，也是知道他的孤獨，於是打算買一隻金絲雀送他。老闆給莉比介紹每一隻鳥兒的優點，而莉比卻說她不在意外形、顏色，甚至叫聲，她說：「說實在的，我倒也不一定很喜歡叫聲響的，再說那樣太吵了，有時候噪音弄得人們不得安寧。」

老闆聽罷答道：「那些聽見鳥唱歌都煩的人，一定是膽小鬼。」事實上，莉比不怕鳥的叫聲，只是老闆介紹的鳥兒，她都買不起，但最後，她還是花了她僅有的錢，買下了一隻沒人留意的小鳥，然後秘密地送給那小孩。莉比與小孩，都因此而快樂。

所以，善良的人，無論多窮，都因此快樂嗎？真的是這麼簡單嗎？

又有一天，莉比與母子三人郊遊去了。他們三人樂在其中，感嘆「這萬籟俱寂的森林，這種感覺得到的恬靜，這使靈魂得到了安慰的、想像之中的綠色的鄉村，對一個城裡人來說，可真是另一番天地。」

三人席地野餐，「他們的心情如此愉快，甚至連自己的錯處也竟然覺得有趣了，因而就和大家一起說笑話」，在大家開始笑得興高采烈之際，在所有人中笑得最大聲的小

孩說：「我可不能再這樣笑下去了。笑可以讓人大開胃口啊！」因為他們以僅餘的錢買來的食物，都已經吃光了。

或許，學會找到心靈的平靜，窮，也可以快樂。當然，窮，還是會叫人吃不飽的。

找到「最好的」寫作時間

在教寫作班的時候,有不少學生都喜歡問一個問題:在一天當中,你覺得哪時段是最好的寫作時間呢?是早上起床,清醒的時候,還是夜闌人靜,感覺與世隔絕的時候呢?我必須承認,我也喜歡問其他作家、藝術家這樣的問題,彷彿知道了其他創作人的創作習慣,就能啟發到自己的創意,畢竟創作,總是從仿效起步。

然而,選擇仿效對象也是一門學問。如果自身的背景跟仿效對象沒有半點共通,仿效是不太可能的,而從仿效而來的啟發也會相對地少。關於寫作習慣,我其中一位仿效對象是意大利哲人安伯托・艾可(Umberto Eco,1932-2016),我絕對沒有要高攀艾可之意,只是想抓緊艾可跟我的共通之處:在大學工作、教學、研究的寫作人。

艾可說:「要是我在鄉下的家,在蒙特費爾羅的山頂上,

那麼我就有固定作息。我打開電腦，接收電子郵件，開始讀東西，然後一直寫到下午。接著我到村子裡，在酒吧喝杯酒，看看報紙，然後回家，晚上看電視或 DVD，到十一點，再工作一下，到凌晨一兩點。」

聽到這裡，我們或許都會羨慕艾可的休閒，但我更留意到的是「固定作息」四字。艾可續說：「我在那裡能有固定的作息，是因為沒有干擾。如果我在米蘭或在大學裡，就不能掌控自己的時間——總有人會決定我該做什麼。」

在過去的數星期，正值開學時期，也是學生與交流活動的高峰期，我一天到晚的時間表就這樣給各式各樣的活動分割了。這些活動都很有意義，只是我的寫作時間，尤其我珍惜的早上寫作時間，變得零零碎碎。

於是，我便想起艾可以上說的話，不是想起他提到的休閒寫作，也不是想起他說固定作息對寫作之重要，而是想起，連艾可這樣的大師，也會感到不由自主的「總有人會決定我該做什麼」，那麼，我還是乖乖的好好工作，好好寫作吧！

因此，什麼才是好的寫作時間呢？其實，沒有比「當下」更適合行動的時間，只要是可以寫作的時間，哪怕再短，都是好時間。

08

帶著悲哀上路

年輕時的歡樂是深刻的，但正如日本小說家國木田獨步
（Kunikida Doppo，1871-1908）所言：「如果說少年的歡
樂是詩，那麼，少年的悲哀也是詩。」不同時代的少年，
有不同時代的悲哀。在我們的時代，少年的悲哀是刻板的
考試制度，在國木田獨步的時代，站於十九世紀末與二十
世紀初的少年的悲哀卻是面對生離死別的生命關口。

大人喜歡跟年輕人說一句話：「你們年輕人是最開心的，
既未開始工作，又沒有各式各樣的生活負擔。」每一次，
當聽到這樣的話，我都抱打不平跟那些大人議論：「難道
你們都忘記了我們還年輕時的煩惱和悲哀嗎？」

大人有壓力，同樣年輕人也有壓力，尤其在所謂「一試定
生死」的時代，即一個公開試成績決定年輕人前路的制

度，越會思前想後的年輕人，讀書考試的壓力就越大。若有一個大人，能夠大模大樣地說年輕人沒有壓力，要麼這大人年輕時是一個沒有遠見的人（這也多數是他對時下年輕人的批判），要麼就是他真的有創傷後善忘症。

在短篇小說〈少年的悲哀〉，國木田獨步借主角「少爺」的視角，講述一名風塵女子離鄉背井的故事。當時，少爺才十二歲，在一名家僕的引導下，到了海邊的妓院，那裡「一片歡騰、繁華景象」，但少爺事後回想，「卻不能忘記在這歌舞昇平背後的那淒迷的月色、山影和水光。」

以大自然的景象襯托人們內心的掙扎，是國木田獨步著名的手法，而他想要寫到的是那一名風塵女子的淒迷。數天過後，女子就要被送到離鄉更遠的朝鮮去了，而她現在最想念的正是現在不知身在何方的親弟弟。她與弟弟分別時，弟弟十二歲，長得跟少爺一模一樣。女子前路茫茫，到最後，她只留下一句話：「不要忘記我！」

少爺，沒有忘記她，並且帶著這份悲哀，成長。

我想，無論我們少年的悲哀是否如此故事的濃度，但我們都不應忘記我們經歷過的痛。少年的悲哀，往往定義了我們的現在，也帶領我們繼續上路。

09

別以為機關可以算盡

有一次，我去參觀一個歐洲福利國家的監獄。導遊跟我們一一解釋監獄裡的人性化設備、膳食、社交活動，並在最後跟我們笑說，有不少露宿者間中犯法，如在便利店偷飲品，好讓自己來監獄度假。我分不清這是笑話，或是實話，當時的同團人一笑置之，而我想，哪怕在一個福利國家，還是會有勉勉強強也幾乎活不下去的人。

然而，他說的事，跟歐亨利（O.Henry，1862-1910）的一個故事相似，只是時代回到二十世紀初。話說，在紐約麥迪遜廣場的長椅上住了一名露宿者，名叫索皮。索皮感覺到嚴寒的冬天快要來了，而他決不可以在露天的長椅上過冬。難道城市裡沒有慈善機構可以收留索皮嗎？有的，但接受這些慈善機構的「每一分好處都必須以精神上的羞辱作為代價」，「想吃麵包就得用隱私和身家調查去換」。至

少，索皮是這樣想的，他認為「法律比慈善還溫厚得多」。

因此，他決定執行他的理想計劃：入監獄過冬。然而，也不知道是天意弄人，還是天網恢恢，索皮的計劃並不順利：他開始打算到一個高級餐廳吃霸王餐，卻在門外被侍應識破；他砸破一間商店櫥窗，然後站著等警察拉，卻反被警察趕走：「打破窗戶的人絕對不可能留在那兒」；餓壞了的索皮，又到了一間平民餐廳，霸王餐成功吃了，但計劃還是失敗，因為店主打了他一頓，沒有報警。

心灰意冷的索皮，走著走著，卻在一個安靜的轉角，停了腳步。這裡有一座古雅的老教堂，「柔和的燈光從紫羅蘭色的玻璃窗透出來」，教堂的管風琴師正在彈奏讚美詩，「甜美的音韻在他身體裡掀起了一場革命」。索皮決定要改過自新，不能夠如此胡混下去，立志從此起要「成為有頭有臉的大人物」……

這時，索皮感到有人用手按在他的手臂，警察問：「你在這裡幹什麼？」「沒幹什麼。」索皮說。隔天，索皮被判入獄三個月。老套的說一句：人算不如天算，這是上天給索皮的鼓勵，還是懲罰，就讓讀者自行判斷。

10

拒絕，不一定是絕緣

我常常說，收退稿信是作家和學者的工作日常。

基於我同時身為作者和學者的身份，我收到退稿信的機率，應該比其他作者或學者多一倍，而又基於我比其他同行寫得差的緣故，我收到退稿信的實際數字，或許又要比其他人收到的多了不少。簡言之，我收過不少退稿信。

我不想多說「收到退稿信是一次讓自己進步的機會」這類的話。哪怕我年紀漸大，開始明白這類說話的道理，也認同當中的積極性，只是收退稿信，就是很傷心的事！在需要傷心的時候，我還是選擇容許自己暫時放下積極，傷心一會兒。但我後來發現，原來收退稿信倒不是最傷心的事，最傷心的是連退稿信都收不到，提案石沉大海。

在這個資訊高度流通的時代，原來，人們收到「拒絕通知」的比率反而少了。最近，有一項管理學的研究發表，指出其七萬多個樣本之中，有百分之八十八的組織是不會對未獲選的提案者作出任何回覆。換言之，他們看了這些提案，拒絕接納，但沒有發出拒絕通知。這並不是這個研究的重點，重點是：首次提案而沒有得到回應的人，較不可能向那個組織提出第二次提案。

因此，退稿信，儘管是退稿、是拒絕，但它始終是一封信，也就是一種連結。他開口拒絕你，至少，他開口了。

當然，退稿信的連結作用，也要看退稿信的語調。例如，愛爾蘭出世其後居於法國創作的著名作家薩繆爾‧貝克特（Samuel Beckett，1906-1989），據說曾經收過這樣的一封退稿信：「我的目光根本拒 在任何一頁上逗留，壓根兒不想知道裡面的文字有何意義……這部書稿根本就是胡扯……出版或不出版根本就不是我們該考慮的問題，那一點意義也沒有。美國大眾讀者的品味雖然跟法國前衛小說家的品味一樣糟糕透頂，但我想他們還沒有糟到接受這種小說的地步。」

收到這樣的退稿信，貝克特還會感到跟出版社有一種連結而再投稿嗎？拒絕，不是絕緣；絕緣，只因為不懷好意。

11

找到那一位你想保護的人

如果我問：「你最怕什麼呢？」你可能會說怕高、怕黑、怕窮，或怕蟑螂。這些，都算是生活中的可怕。如果我又問：「什麼是我們人生之中最怕面對的呢？」我們又可能會有其他的答案，例如害怕生離死別、怕重病、怕失去夢想，以及更多更多。

這讓我想起東野圭吾（Higashino Keigo，1958- ）的名作《白夜行》裡的一個名句，也是我喜歡上他的小說之起點：「一天當中，有太陽出來的時候，也有下沉的時候。人生也一樣，有白天和黑夜。當然，不會像真正的太陽那樣，有定時的日出和日落。看個人，有些人一輩子都活在太陽的照耀下，也有些人不得不一直活在漆黑的深夜裡。而人會怕的，就是本來一直存在的太陽落下不再升起，也就是非常害怕原本照在身上的光芒消失。」

《白夜行》的主角是兩名年幼時經歷過死亡事件的男女，故事橫跨了數十年，講述他們的成長、罪行、迷團，以及當中的千絲萬縷。故事開始於本格派的傳統詭計如密室殺人，但這些詭計已經不再是小說的重點，重點是人心之中的「密室」，以及這人心密室之中的秘密、弱點、惡意，以及恐懼。這也是所謂東野圭吾的「人間本格」小說，將「人」而非「詭計」置於推理小說的核心，探問人在殘酷現實之中的存在問題。

在《白夜行》中，主角人生的存在問題，就是他們所相信的「太陽」，突如其來的消失了。他們雖然犯罪，但依然得到普通讀者的同情，原因正是我們往往也跟他們一樣，因為人生的倚靠一去不返而感到軟弱。我們未必親歷其境，但都能感同身受。我們都害怕人生失去了光。如此，我們或許會選擇退縮、逃避，而主角們選擇以暴制暴，而無論哪一個選擇，都只是一種不同版本的不幸。

我們都盼望人生能夠定時的日出和日落，但若有一天，日落了，而真的再沒有回來，我們如何是好呢？找到「那一位你想保護的人」，並讓他成為你的陽光吧！

12

哭泣的空間

我們不時都會聽到前輩說一句話：「你要尋找自己的發展空間」。這句話聽來老土，不是因為沒有意義，相反，是因為太有意義，所以我們聽得太多，而聽得太多，不過是因為這句話，太難實行，彷彿成為了畢生的功課。

今時今日，莫說要尋找自己的發展空間，哪怕是要找一個生存空間，也是艱難事；也莫說要尋找自己的生存空間，哪怕是要找一個可以避世的空間，也像是不可能的事。為什麼要避世呢？對，其實我也不是真的要避世，有時候，我只是想找一個空間，可以讓自己一個人，靜靜地、慢慢地哭。你，有這樣的一個哭的空間嗎？

回想起小時候與家人同住的生活，我是如何開始尋找一個人哭的空間呢？物理上，我沒有自己的空間，與妹妹共用

一組碌架床，我們的「房間」沒有門，更準確地說，我們的「房間」是客廳的一部分；人際上，我也沒有自己的空間，你以為你可以蓋著被子在被窩裡哭？不可能，因為媽媽會第一時間問候你，同時，打擾你。

韓麗珠曾經寫了一個小故事，寫一個女子找到自己空間的故事，「蟄伏在黑暗裡的時候，她好像回到了親切的故鄉。她覺得思想原來是一個無比沉重的包袱，但人最需要的卻是心靈上的寧靜。於是她閉上眼睛，朦朧間便跌進了沉睡的深淵。」你猜到這個「黑暗的故鄉」是怎樣的一個空間嗎？

是衣櫥。「她的房間裡有一隻空置的衣櫥。那隻衣櫥並不用來放衣服，卻是一度屬於她自己的空間。當她不快樂的時候，便會逃進那隻衣櫥裡去，把自己隱藏起來。在她的王國裡沒有光。沒有光的城方，自然而然也沒有影。」

那個女子終於找到了讓她沒有陰影，讓她可以一個人哭的空間，但試想想，當人們知道這女子躲到一個衣櫥裡哭，大家又會怎樣想她呢？哪怕不以為她精神錯亂，至少也會認為她是不正常的人。然而，她不過是想找一個人哭的空間罷了。

13

招引人的距離

搬家，至少有兩種性質。第一次離開父母家獨居的搬家是增添型的，你將要為自己的第一個家添置很多東西，沙發、衣櫥、書櫃，諸如此類；然而，接下來的第二、三、四次因為加租而來的搬家，對我來說，是丟棄型的，你恨不得將所有的東西全部丟掉，只帶著一個旅行背囊搬家，以減年年收拾、搬家、解箱之苦。

最近，有一位好友搬家，他的搬家屬於後者，但無論是哪一種性質的搬家，有一樣東西還是無可避免要重新添置，那就是窗簾。桌子可以重用、燈可以重用、床也可以重用，唯獨窗簾，因為窗戶的大小不一，每一次搬家，都要換一次窗簾。

當我與朋友在家居店選購窗簾時，想起我與父親的一次分

歧。話說，那是我離父母獨居的第一個家。當我大致整理好家中格局之後，便請父母來吃一頓飯。如是者，我的父親，便開始點評我的家居物品，而我那一個薄麻質料的窗簾，更成為了他的眼中釘。

「你這樣的窗簾是會透光的。你知道嗎？」父親說。我心想：「為什麼你會認為我不知道呢？」然後，他又說：「你這樣不是給人家上演影畫戲嗎？（下刪數百字）」父親不明白窗簾是雙向的，當你想隔絕於外面而來的目光，同時你也放棄了外面的風光。又可能，我的父親根本不介意與外界隔絕。所以，窗簾的事，其實也是性格的事。

楊絳曾經寫道：「人不怕擠。儘管摩肩接踵，大家也擠不到一處。像殼裡的仁，各自各。像太陽光裡飛舞的輕塵，各自各。憑你多熱鬧的地方，窗對著窗。各自人家，彼此不相干。只要掛上一個窗簾，只要拉過那薄薄一層，便把別人家隔離在千萬里以外了。」我想，父親應該十分同意這一段「各自各」的話，但這卻不是楊絳的結語。

「隔離，不是斷絕。」楊絳續說：「窗簾並不堵沒窗戶，只在彼此間增加些距離——欺哄人招引人的距離。」不隔離，而保持招引人的距離，有距離，才有吸引，正是我的理想。

14

享 受 有 選 擇 的 星 期 日

星期日終於到了。小時候，我不太喜歡星期日，主要原因
來自我的悲觀性格，一想到明天就是星期一，又要開始一
個星期的上課，我就感到不安了。然而，人越大，越短
視，今朝有酒今朝醉，今日有假今日放，懶得去想明天的
工作。今時今日，如果連續十四天裡，可以讓我有一個完
全沒有工作安排的星期日，我便誠心感謝主了。

美好的星期日，實在難得。於是，在這個星期日的早
晨，當你醒來的時候，你會做什麼呢？讓我給你們選擇
吧！

「這是夏季。
星期日的早晨。
醒來的時候，

（　）鐘響七下

（　）九點鐘了

（　）不知道是什麼時刻

（　）正午了

（　）又繼續睡了一陣」

你作了你的選擇了嗎？那麼，在你起身梳洗，回過神以後，來！

「給自己做了決定。關於下午

（　）一桶髒衣服還是留待星期一再洗

（　）到大浪西灣游泳

（　）在雨中唱歌

（　）寫信去申請一份有趣的職業

（　）開始寫偉大的小說」

你又選擇好了嗎？

其實，這也不是我給你的選擇，而是作家西西給我們的選擇。以上引述的選擇題，出自西西的一首詩，題為〈星期日的早晨〉，從醒來的那一刻開始，西西一共準備了七個環節，每一個環節（包括結局），西西都準備了五個選項，讓讀者選擇他們喜歡的答案。例如，在那第一個「醒

來的時候」的情節，嚴謹的你或許會選擇「九點鐘了」，但偷懶而想自然醒的我，就會選擇「不知道是什麼時刻」。

為什麼西西要如此大費周章的寫一篇以選擇題組成的文章，以說明她喜歡的「星期日的早晨」呢？為了跟讀者互動？或是為了突破寫作的固有形式？又還是想增強閱讀樂趣？這些都可以是答案，但我認為，最主要的理由是：美好的星期日，就是一個我們可以有所選擇的星期日。

星期一至六的生活，總是充滿時間表的限制，唯獨星期日，我們終於有選擇的餘地。選擇，才是美好星期日的理由。星期天又要來了，你作好選擇了嗎？

15

找不到自己的舞台？
就建一個吧！

羅密歐與朱麗葉的經典，在於哪怕你沒有看過這演出、沒有讀過原著劇本，你依然會有這個故事的輪廓：在敵對家族長大的羅密歐與朱麗葉，在一次假面舞會之中認識，一見鍾情，還在神父幫助下秘密成婚。可惜家族人士棒打鴛鴦，逼令他們分開，在朱麗葉服藥假死，以及連番誤會以後，兩人最終雙雙自殺殉情。

從十七世紀以來，羅密歐與朱麗葉的悲劇，不知道讓多少人感動流淚，而朱麗葉在陽台上透露心事的一幕，更是牢牢記在人心。

舞台與演戲，是連結的。演出《羅密歐與朱麗葉》的環球劇場，最初由莎士比亞（William Shakespeare，1564-1616）所在的宮內大臣劇團於 1599 年以木料建造，呈八角

形建築結構，正廳上空露天，被三層包廂環繞，舞台上更設有樓台。

環球劇場的這個樓台，也是《哈姆雷特》的高塔，以及《羅密歐與朱麗葉》的陽台。每一個舞台都有它的優點，又有它的限制，而觀眾會記下的只是一幕幕的好戲。莎劇《皆大歡喜》，有一句經典台詞：「全世界是一個舞台，所有的男男女女不過是一些演員」，而我又想，男男女女都有一個世界，我們要找到那一個適合自己的舞台，才能夠演好我們心目中的好戲。

據說，在環球劇場的的頂樓上有一面旗幟。上面畫著古希臘的擎天神阿特拉斯（Atlas）背負著地球，而旗幟邊緣寫有拉丁文的題詞，正是那一句：「全世界是一個舞台」。可惜，在 1613 年，這一面印有或許是人類最早的劇場廣告之旗幟，連同整座環球劇場於表演《亨利八世》的時候，因屋頂被大炮意外點燃著火，而毀於火災。

環球劇場沒了，然而《羅密歐與朱麗葉》、《哈姆雷特》、《皆大歡喜》等等等等的劇目猶在，在回憶中，也在未來。「全世界是一個舞台」，你開始尋找自己的舞台沒有？找了良久，還是找不著嗎？再找不著，就建一個吧！別忘記，環球劇場也是莎士比亞與他的伙伴一起建成的。

16

被困，才會進步

說起夏目漱石（Natsume Kinnosuke，1867-1916），大家或許會想起《我是貓》、《少爺》這些經典，但若要窺探夏目漱石的人生態度，他的晚年作品《道草》可能才是最有代表性的一部。《道草》是夏目漱石的自傳體小說，創作於 1915 年，寫下他於 1903 年從英國留學回到日本後，直至他創作《我是貓》那三年間的生活。《道草》完成後的翌年，即 1916 年，夏目漱石因病去世。

「世上幾乎不存在真正解決了的事」《道草》主角健三說道。「事情一旦發生了，就會一直延續下去，只是形式會變成各種各樣，使別人和自己都弄不清楚罷了。」從此，「發生」與「延續」成為了故事的命題。

夏目漱石經常描寫主角健三身心被困於書齋的情況：「他

回到家裡，換好衣服，馬上鑽進自己的書齋。他待在這不到十二平方米的小房間裡，感到要做的工作堆積如山。而實際上，比起工作來，還有一種非承受不可的刺激更強烈地支配著他，這自然使他焦慮不安。」

那「一種非承受不可的刺激」是什麼呢？那就是生活。然而，當我們以為夏目漱石想藉著健三的被困之感，而抒發，甚至開始批判生活對人的壓抑時，我們又會發現這只是辯證的一面，而夏目漱石同時提供了它的對立面：被困，才會進步。

在回憶過去時，健三感嘆自己的青春被困於學校和圖書館的「牢房」，與世隔絕。然而，他又想到，若非有這一段「牢房生活」和自己在這牢房之中的堅持，他絕對不會擁有今天能夠賣字維生的生活，也不可能如此立足於世界。

夏目漱石寫道：「他在往日牢房生活的基礎上，建立起自己的今天，他還要在今天的基礎上去建立自己的明天。這是他的方針，而且他認為這方針無疑是正確的。」我想，如果我們都逃不了被困於不同形式的牢房生活，包括家庭、城市、事業，不妨真的考慮夏目漱石之道：重視今天的牢房，以尋求明日更大、更高的牢房，並且期待後日的來臨。

17

欣賞暗的光芒

有一次，我邀請了一對夫婦到我家晚餐，男客人是我朋友，他不時會到我家閒聊，而女客人卻是第一次到我家。然後，她踏入屋門的第一句說話是：「你的家好暗呢！」我，並不驚訝。

那時，太陽開始下山，我的家開了兩盞燈，一盞是飯桌旁的燈，另一盞是客廳一角的地燈。聽畢妻子的開場白，男客人接口笑說：「而且，他的家是沒有電視的！」家裡暗與沒有電視，兩者有什麼關係呢？我想，家裡燈火通明與電視長開，是我們這個城市的一種家居典型。

你是光的崇拜者嗎？光的美，從來自自然然吸引眼球，暗的美學卻像一種覺悟，而讓我學會此道的莫過於陰翳美學大師谷崎潤一郎（Junichiro Tanizaki，1886-1965）的作品。

我們暫且不談大師的隨筆《陰翳禮讚》，而一談他的小說《春琴抄》之經典一幕：話說，當自幼失明的女主角春琴慘遭毀容後，她讓任何人都可以看她傷癒後的臉，唯獨跟隨她多年的僕人佐助不可。這樣令人痛心的命令，卻又表明了這女主人對僕人的情愛。那麼，僕人佐助怎麼辦呢？

僕人佐助沒有違反春琴的命令，反而以棉針刺瞎自己雙眼，從此跟春琴一起失明。故事的智者天龍寺方丈得知事件後，說道：「轉眼之間，斷決內外，轉醜為美，欣賞禪機，庶幾達人之所為。」

我們姑且不談這情節是否扭曲了情愛之道，但谷崎潤一郎確確實實寫下了他對於愛，對於美的追求。美，不在於看見，而在於看不見，欣賞，在內，而不求於外。只有當我們跟外界斷絕，回歸內心的暗、空、與寂，我們才能體會到純粹的陰翳之美。

在故事中，佐助自廢雙目當然是激烈的象徵，而我在家中，不求明亮，不安電視，也不過是一種溫和的嘗試，以求斷決內外，建立家的氣氛，以及家與外界的界線。

「你的家好暗呢！」我的女客人說。我笑了一笑，到廚房給他們倒兩杯水，然後順手將天花燈全開了。畢竟，我在請客。

18

面對背叛，是成長的一課

背叛，是欺騙行為的變種。陌生人可以欺騙我們，但只有認識的人、朋友、親人，才有資格背叛我們。換言之，陌生人背叛不了我們，而我們只會被親朋好友背叛。背叛，是一種感情的傷害。

大家都會記得《獅子、女巫、魔衣櫥》的故事開頭：兄弟姊妹四人因為逃避二次世界大戰的戰事到了鄉郊大宅暫住。在大宅裡，小妹妹露西玩捉迷藏的時候，無意間找到一個魔衣櫥，發現在那毛皮外套後面藏了通往納尼亞王國的秘道。從此，露西踏進了白雪皚皚的魔幻森林，還認識了羊人吐納思先生。

回到大宅，露西將經歷告訴其他兄弟姊妹，卻沒有人相信她。然而，當她第二次進入王國時，她排行第三的哥哥愛德蒙也跟來了。露西一片丹心，以為這次有哥哥同行佐

證，其他人便會相信納尼亞王國真有其事。豈知道當他們回到大宅，哥哥愛德蒙卻因為吃了太多白女巫的土耳其軟糖而心生內疚，拒絕承認到過什麼納尼亞王國。這一刻，愛德蒙第一次背叛露西，也是其後一連串越來越嚴重的背叛之始。

作為兒童文學經典，英國作家路易斯（C.S. Lewis，1898-1963）把握了這個機會，給孩子上了一生的大課：我們應該怎樣面對背叛呢？

背叛，一次也嫌多，而更可怕的是，當背叛者開始了背叛，便會一而再再而三的背叛你。若然背叛者是我們的相識，或是朋友，我們還可以狠心割斷關係，但當背叛者是你的至親，就像大哥彼得發現愛德蒙背叛他們時，說道：「就算他這麼蠻橫，他到底還是我們的兄弟。」

關係越親近，背叛的傷害越大，同時又因為關係親近，切斷關係的可能也越細。那怎麼辦呢？路易斯告訴我們：遭受背叛是成長的必經一課，而面對這一課，我們可以做的不是切割，不是逃避，而是成長。要變得更堅強，去面對接二連三的背叛。這事談何容易？沒有人說容易，否則路易斯也不用長篇大論，要以七部曲的方式，才把這故事說完。

19

準備好突如其來的成長

村上春樹（Haruki Murakami，1949- ）在小說《舞舞舞》寫下了名句：「我一直以為人是慢慢變老的，其實不是，人是一瞬間變老的。」大家都會記得這句子，大家都會引用這句子，因為這句子讓大家都有莫大共鳴。我們不是在拿到成人身份證的那一刻，突然長大，卻往往因為某一件事從天而降，強迫我們長大。

早於 1958 年，諾貝爾文學獎得主大江健三郎（Kenzaburo Oe，1935- ），便在成名作《飼養》談到了這個主題：突然成長。那不是當下虛無的都市生活時代，而是戰後的日本，大江健三郎將故事放在二戰中的鄉村。

話說，有一條偏遠的山間小村落，即使在大戰期間還是與世隔絕，過著遠離戰火的天堂生活。但好景不常，有一

天，一架戰機墜落到村子，而村民在墜機現場找到了一名黑人。

村民不知如何是好，便將黑人關到地窖，同時派人到鎮上請示。全村人開始輪流負責「飼養」這外來者。過了一陣子，村裡其中一名負責飼養的少年慢慢跟黑人混熟，他被黑人友善的態度感染了，後來還解開了他的腳鐐，讓他回到地面。黑人也與其他村民熟落起來，尤其與村裡的小孩們。

然而，事情當然不會這麼順利。

鎮上終於傳來指示，要將黑人押送到鎮上。黑人得知此事，便瞬間發作，還捉住了那解開他腳鐐的少年，反鎖到地窖。在此一瞬間，少年蛻變成年，世界再沒有保留讓他可以當小孩的空間，「對於成年世界，我有一種抵制厭惡的感覺，在本該無憂無慮的童年，而我卻被強迫長大。」

或許，成長的感覺都是這麼糟糕。頃刻之間，我們失去了任何當小孩的可能性，我們必須面對現實，必須變得老練。同時，在這個殺我們一個措手不及的時候，我們往往誤會，以為面對現實就是忘記同理之心，以為變得老練就是世故虛偽。

突如其來，往往使人混亂，但因此，我們更要提防突如其來的亂。我們可以被強迫長大，但我們並不必要被強迫作惡。

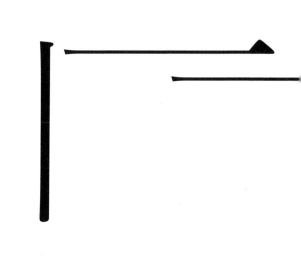

BENEDICTUS DE SPINOZA

GRIMM PIERRE ABELARD L

LUCIUS APULEIUS

MARIE-LOUISE VON FRANZ

ANDRÉ ACIM

ERASMUS VON ROTTERDAM

一般

20 ——————— 28

PIERRE ABÉLARD

FRANCOIS DE FENELON

chapter 2

糾纏不清，所以刻骨銘心

在愛情中，糾纏不清的事，層出不窮。有人會午夜夢迴，按捺不住想給那分手七年的舊情人發一個「睡了嗎」的短訊，又有人，每當經過某一個門牌號碼，就會想起那誰的生日。糾纏不清，有輕有重，有時甚至至死方休。

在中世紀，曾有一段糾纏不清的愛情：阿伯拉（Pierre Abélard，1079-1142）與哀綠綺思。阿伯拉是當時著名的法國經院哲學家，二十五歲成名，不久便成為巴黎主教座堂的老師，廣受歡迎，而在他三十八歲那年，遇上了十七歲的哀綠綺思。

哀綠綺思是教士富爾貝爾的姪女，阿伯拉是她的家庭教師，後來他們就像尋常百姓一般的相戀，但這段關係沒有得到富爾貝爾的祝福，阿伯拉與哀綠綺思只好秘密交

往，後來，他們更秘密結婚，生了一子。富爾貝爾得悉此事後，十分生氣，要揭發阿伯拉與哀綠綺思的秘密婚姻，但哀綠綺思為了丈夫的仕途（已婚者沒法當上神學院院長），唯有否認他們的婚姻關係，她的叔父富爾貝爾因此更怒，以為阿伯拉為了事業而始亂終棄，於是派人在夜裡闖入阿伯拉臥室，閹割了他。

從此，阿伯拉成了修士，而哀綠綺思當上了修女，但他們的愛，沒有就此平息，十多年後，他們寄情在紙上，留下了著名的《阿伯拉與哀綠綺思的情書》。有人說，這些情書見證了可歌可泣、至死不渝的愛情，但在我讀來，更像一次又一次的告解。

哀綠綺思寫道：「我恨我自己愛上了你，我從此以一種永久的囚禁毀滅了自己，我所望的只是你能平靜和安逸地生活。」阿伯拉回信：「不論我的身體在哪裡，深埋於地下或暴屍於地上，都請你將它運送到你的墓地。」但到了最後一封信，阿伯拉又寫道：「不要再給我寫信，那會使我們陷入萬劫不復的深淵。」這，就是糾纏。

傳說，阿伯拉死後，哀綠綺思如願跟他合葬於巴黎拉雪茲神父公墓。無論是真心真意，還是一廂情願，糾纏不清之所以刻骨銘心，或許，就在於那不清不楚。

21

嘗一嘗那說不清楚的味道

當我們想安慰自己或慰勞一天的辛苦時,往往會想起要吃一口什麼或喝一口什麼。此時,我總是想起一杯熱鴛鴦。

鴛鴦,是不少香港作家喜歡寫的題材。詩人也斯,便寫道:「五種不同的茶葉沖出了香濃的奶茶,用布袋或傳說中的絲襪溫柔包容混雜沖水倒進另一個茶壺,經歷時間的長短影響了茶味的濃淡,這分寸還能掌握得好嗎?若果把奶茶混進另一杯咖啡?那濃烈的飲料可是壓倒性的,抹煞了對方?還是保留另外一種味道:街頭的大牌檔從日常的爐灶上累積情理與世故混和了日常的八卦與通達,勤奮又帶點散漫的……那些說不清楚的味道。」

這種說不清楚的味道,的確令人著迷,也是不少人以鴛鴦借喻香港文化的理由。一般人都說,鴛鴦,奶茶混咖

啡，既非奶茶，又非咖啡，就像香港文化，是多種混雜、多種層次的味道，於是又成為了一種獨有的味道。這種說法，固然有一定的道理，而有趣的是混出鴛鴦的咖啡和奶茶，又何嘗不是一種混雜而獨有的味道呢？

小時候，家人說「飲茶」就是去茶樓喝普洱、鐵觀音，而所謂「西茶」，就是到茶餐廳喝奶茶。後來，美式連鎖漢堡包店進駐這個城市，當時的人都怪責他們的奶茶不及格，一個茶包加一個奶球，沒有茶香，只像奶水，淡而無味，直至長大了以後，到酒店茶室喝一杯伯爵茶加奶，其實也差不多是那個濃度。濃茶而奶滑的茶餐廳奶茶，本身就是一種那些說不清楚的味道。

現在，咖啡文化盛行，咖啡店成行成市，大家滿有知識的大談咖啡豆出處、色澤、果味，磨豆的大小，以至烘焙的深淺。沖調咖啡也相當講究，滴濾、法式濾壓、虹吸式，還是冰滴，任君選擇。小時候，我所認知的咖啡不過就是茶餐廳裡，那一杯又酸又苦的泥巴水，想不到竟是博大精深的世界文化。

喝一口鴛鴦，嚐出了奶茶和咖啡，想起了奶茶不只是奶加茶，而咖啡甚至給當下城市排斥至不是咖啡。喝鴛鴦，不是為了固步自封，嘗一嘗那說不清楚的味道，正是為了體會品味之多。

22

沒有恥笑的世界

獲得奧斯卡最佳影片的電影《以你的名字呼喚我》(*Call Me by Your Name*),改編自作家安德列・艾席蒙(André Aciman,1951-)的同名小說,而無論是電影,還是原著小說,它的好看不在於故事如何曲折離奇,而在於當中所感受到愛的純粹,這種倫理之中的愛,不限於情人之間,更遍及親人、朋友,以至主僕。

故事簡單非常,講述一名十多歲的青年,在一個夏季的時間裡,如何與他父親的短期研究助理從試探到相戀,但我想,就是要以這樣一般的故事,才有力呈現它的感動,而這份感動,來自片中所展現的一個沒有恥笑的世界。

在這個世界裡,沒有任何事值得被恥笑,也沒有人要為任何事而自責,彷彿活現了哲學家史賓諾莎(Benedictus de

Spinoza，1632-1677）所描述的美好倫理世界。

史賓諾莎出生於十七世紀阿姆斯特丹的猶太人家庭。他在猶太教傳統下成長，卻又在二十四歲時被逐出教會，從此過著簡樸的哲人生活，寫成了經典《倫理學》。談起《倫理學》，我們總是放眼於它的「非倫理」部分，即其有關形而上學與知識論的思辯，尤其史賓諾莎對自然界以外的人格化上帝之質疑。然而，在自然（而非宗教）主宰的世界裡，我們又怎樣確保人與人之間可以快樂生活呢？

「所謂快樂」史賓諾莎寫道：「就是人們從不完美，發展到完美的過程；悲傷就是人們從完美，走向不完美的過程。之所以說是過程，是因為快樂不等於完美。如果一個人生而完美，那麼他也就不會感受到快樂了。」

可惜的是，人面對不完美的對象時，往往先想到恥笑，而非想到希望。「恥笑是想像自己所恨的對象，具有讓我們鄙視的東西時產生的快感。希望才是一種快樂，但它不經常發生」，而「信心因希望而起」，史賓諾莎如是說。

回到當下，面對各種各樣社會定義的不完美，我們要尋求真正快樂，就是要追求、建立一個沒有恥笑的世界。相反，若人不選擇希望與信心，而偏偏要選擇恥笑的話，只能說，這是一種自我放棄快樂的過程。

23

理性是聆聽的能力

「我們可以多一點理性來討論這件事嗎？」你們試過在吵架中說過這樣類似的話嗎？我想，答案應該是……沒有吧？對，我們都很難承認自己會說這樣的話，但有趣的是，「要求對方理性一點」的對白，又常常出現在不同的小說、電影。

其實，你有沒有想過「理性」是可以怎樣多一點的呢？讓我們「多一點理性」的討論一下理性。

在日常語言中，理性是指人依據前設作為基礎，並運用正確的邏輯、推論而得出結論的能力，而一般來說，理性的討論就是以彼此的理性結論為前設，再運用邏輯推論，以得出新的結論，並透過這樣的辯證過程，嘗試結合成彼此同意的總結。如果這就是「理性」的意思，嚴格來說，我

們要麼理性，要麼不理性，理性並不是可加可減的分量。

縱使理性沒有輕重多少的單位，或許，還是有類別的。

以倡導寂靜主義神學，以及其小說《忒勒馬科斯歷險記》而聞名的法國作家法蘭索瓦・芬乃倫（Francois de Fenelon，1651-1715）曾經寫過一本有關目的論的著作《上帝的存在》，當中談及「理性」。

芬乃倫寫道：「那麼，我在自身發現了兩種理性，一種與自我有關，一種卻是超出自我的。與自我有關的理性有很多不足，成見很深、容易犯錯、善變、固執、無知、狹隘；簡單說，它只有借來的東西。另一種理性對眾人都是相同的，但又超出他們。這種理性完美、永恆不變、隨時隨地傳達關於自己的消息，糾正所有走進誤區的思維。」

芬乃倫的理性論，固然受到哲學家嚴格思辯的挑戰，但作為啟發思考的文字，芬乃倫的「自我理性」與「超然理性」之別，的確有助我們理解日常用語。姑勿論大家所指的超然理性是神與否，還是單純的客觀邏輯推論，以「理性與否」為中心的爭論，往往就是人的自我理性超越超然理性的一刻，又或是誤以為自己的自我理性就是超然理性的那一個狀態。

如果你讀不懂以上的話，那讓我們回到現實：究竟，什麼叫「我們可以多一點理性來討論這件事嗎」呢？在我接觸到的絕大部分情況下，這話的意思是：麻煩你努力聽懂我說的話！

24

接受自己的怪

被譽為榮格承繼者的分析心理學權威馮‧法蘭茲（Marie-Louise von Franz，1915-1998）曾說：「童話是集體無意識心靈歷程中，最純粹且精簡的表現方式，因此在無意識的科學驗證工作中，童話的價值遠超過其他的素材；童話以最簡單、最坦誠開放且最簡練的形式代表原型。在此一純粹的形式中，原型意象提供我們最佳的線索，以了解集體心靈所經歷的歷程。」

無論是二世紀阿普留斯（Lucius Apuleius，約 124- 約 189）在《金驢記》寫下「丘比特與賽姬」的故事，還是在遍及挪威、瑞典、俄羅斯，以至印度與中國等地的神話中，我們都能找到一個似曾相識的故事：美女救贖怪物。

經歷了兩千多年的歲月，美女救贖怪物的戲碼歷久不

衰，這究竟如馮‧法蘭茲言，怎樣讓我們了解集體心靈所經歷的歷程呢？

美女救贖怪物都有一個基本套路：首先，怪物總住在遠離日常的異地。哪怕是位於森林深處的城堡，還是如骷髏島一般迷失在地圖上的孤島，美女要遇上怪物，她必須先意外離開她現居的文明世界，而「闖入」怪物生活的異域。接著，美女與怪物相遇，經歷恐懼、拒絕、逃避等多種情緒；最後，美女打破對怪物的恐懼和重新認識了怪物，並在怪物身上找到樂趣、愉悅。

在異域之中，美女與怪物學會了相處，哪怕相處不一定融洽，但總是滿有興奮與刺激。他們日久生「情」，這「情」並不一定是愛情，而是一種連結，而這連結也將怪物跟隨美女回到現實的文明世界，並與之衝突，同時也是故事的高潮。怪物與文明世界接觸，經歷暴力與壓制，最終或會變成王子，又或給王子取代，而結局還是回到王子與美女相擁的情景。

「美女救贖怪物，怪物成為王子」的故事情節，或許就是我們每一個人的心靈成長經歷。怪物，不是外在的獸，而是我們的獸性，我們像美女一般，有時誤打誤撞進入了潛意識與獸性快樂相處（例如在夢中），但一旦獸性與文明

接觸，我們與獸性之間以快樂原則為本的連結就要破裂。

文明要求我們的心靈壓抑獸性，就像金剛從帝國大廈的高處掉下，掉到無止盡的深處一般。最終，在高樓上出現的完美男子與美女相擁，以達至所謂的圓滿。其實，美女是我，怪物也是我。怪物之所以要血淋淋的消失，只因為我們無法接受自己的怪。

25

專注，就是冥想

禪宗有一則公案是這樣的：有一天，趙州和尚正在掃
地。僧人看見便問道：「和尚是大善知識，為什麼掃地
呢？」趙州和尚答：「塵從外來。」僧人說：「既是清淨伽
藍（即僧侶居住的地方是清淨之地），為什麼有塵？」趙
州和尚答：「有一點也。」（另有說「又一點也」）。既是
公案，我也沒有多少把握能夠將它解得明白，但公案卻讓
我想起一件事，或許能令讀者有一點啟發。

話說，我在一個重男輕女，給我高度保護的家庭長大。在
家中，大大小小的家務，我都不用做：「大型」家務，泛
指涉及水電煤的更換事宜，一般由家中的大男人，即父親
負責；「主要」家務，即幾乎所有家務，由母親處理；「小
型」家務，即過時過節，因母親分身乏術而剩下來找人分
擔的家務，則由我妹承包。而我，從小就知道，只要我說

「我要讀書」，幾乎可以逃避所有的家務勞動，直至後來，我離家獨居。

在眾多的家務中，我最討厭掃地。掃地作為家務之首要想像，簡直根深蒂固，而讓我煩惱的是：我不認為有掃地的必要。最有效除去家中灰塵的方法應該是吸塵，只要開動吸塵機，你不用費多少力，就能輕易清理灰塵，乾乾淨淨。另一方面，最有效清潔地板的方法是抹地，一桶水、一塊布，就能有效清潔房間，感覺清爽。那麼，我為什麼要掃地呢？

那時，我一個人住在一個連天台的頂層唐樓單位。在一次派對過後，我看著沒辦法吸塵與抹地的露天空間，想「這次，看來真的只好掃地了。」我將垃圾、灰塵掃到一角，左掃右掃，大風一吹，吹開了灰塵，剩下了垃圾，我不服氣，又左掃右掃，而灰塵，隨風流動，長掃長有。

此時，我想起了趙州和尚的公案，又想起了以前看邵氏電影，在大寺門外，總是有一個拿著大掃帚掃落葉的小僧人，小僧人一邊掃落葉，葉一邊在手邊落下，葉一邊落，他一邊掃，邊落邊掃，邊掃邊落。掃地，或許就是一份日常。身體的動作重複，而思想，卻自由了。這一份專注到寧謐的狀態，應該就是冥想。

26

不盲目樂觀

在文藝復興初期，荷蘭人文主義思想家伊拉斯謨
（Erasmus von Rotterdam，1466-1536），寫了一部膾炙人
口的作品《愚人頌》。伊拉斯謨是一位一生堅持以拉丁文
寫作的古典派天主教神學家，卻出乎意料地以諷刺的筆
法，在《愚人頌》裡以代表愚蠢的愚女神作為第一人稱，
讚揚愚蠢在人世間的偉大。

愚蠢，何以偉大呢？《愚人頌》之耐讀，就在於作者似是
而非的用筆，讓人讀起來，彷彿有感生而成愚人，是一件
可喜可賀的事。「我，愚女神」伊拉斯謨寫道：「總是被人
們用各種方式談論。但是，我可以斷言地指出，就是因為
受我的感染，眾神和人類才會有所有的歡樂和開心。我看
見，你們在笑。」

伊拉斯謨又寫：「自從世界受到愚蠢而不是智慧的支配後……變得很幸福。我，愚女神，用一些他們永遠不可能實現的希望刺激他們，趕走了他們的悲哀，他們一點兒也不想死。不僅如此，他們不再僅僅是期望活著，而是眷戀生活。」伊拉斯謨如此寫來，是在取笑歷史上的不少所謂智者，如大加圖（Cato Maior，前 234- 前 149）與小加圖（Cato the Younger，前 95- 前 46）的自殺行為嗎？

在《愚人頌》中，愚女神的「恩惠」不分等級，施恩予所有人，包括商人、教師、詩人、修辭家、律師、哲學家，以至國王及主教，各人有各種愚蠢，就像愚女神說：「我特別注意那些因為擁有比一般人更多智慧而受到尊重的人。」那麼，世界上還有真正的智者嗎？伊拉斯謨如是寫道：「智者，輕視金錢。結果是什麼呢？人人都輕視他！」

伊拉斯謨說人的愚蠢，不但指陶醉於生活的短視，更是地位上的目中無人，以及精神上盲目的樂觀主義，彷彿預言一般回應當今學者對於「正向思考」的社會潮流之批判。《愚人頌》寫成了五百多年，而最愚笨的是，它諷刺的內容，竟然還不過時。

27

隨喜要自願

在城中各大地鐵站或商場出入口，都站滿了一班穿著整齊制服，手中握著表格與原子筆的男女，叫嚷著：「先生／小姐，等一等，可否簽個名支持一下 XXX」。這些 XXX 包括社會裡不同形式與類型的有需要人士，而這些制服人士所代表的團體，一般都是多年來熱心公益的非牟利機構，而他們人海戰術的站崗方式所形成的壓力，逼得我想起小泉八雲（原名 Patrick Lafcadio Hearn，1850-1904）記於《怪談》的一個故事。

這故事題為〈鏡與鐘〉，是一個關於「隨喜」的故事。隨喜，本是佛教語，指人樂見別人善事，而自己樂意參與其中。話說在日本古時的遠江國，有一間寺廟坐落無間山之中。寺廟的主持想建一個大銅鐘，於是向村民招募舊銅鏡，以作鑄鐘之用。如此，一位婦人便跟隨其他村

民，捐出了母親祖傳的青銅鏡。然而，婦人方才捐出，就心痛起來，想念起這承載著她與母親記憶的鏡子，甚為捨不得。她固然沒有錢贖回這面鏡，也沒有膽量將它偷回來，事情就這樣擱下了，自至鑄鐘之日。

在鑄鐘的熔爐中，工匠發現有一面鏡子無論高溫烈火如何燃燒，就是不能熔化，哪怕工匠如何處理，這面鏡子還是完好如初。寺裡僧人一看之下，便想到必然是捐鏡人「隨喜」卻不自願，執念寄在鏡中，因此鏡子冷硬不化。想當然，這就是婦人的那一面鏡子。

此事很快便在村子裡傳開去了，村民都對婦人冷言冷語，說她的不是，說她心腸不好，而婦人最終受不了壓力，修書一封，投河自盡。她的遺書寫道：「奴死之後，鏡必不熔，鐘得鑄矣。若有可擊破梵鐘者，奴將以己身之靈力，賜其財帛珍寶，金玉滿鉢。此諾必踐。」

果然，婦人死後，鐘便鑄成，而村民得知婦人的遺言後，便日復一日前赴後繼的到寺廟敲鐘以求財。鐘聲響個不停，不絕於耳，令寺廟永無寧日。最後，僧人實在沒有辦法，只好取下大鐘，將其推下山，滾入泥沼之中，銷聲匿跡，而這傳說中的巨鐘，被稱為「無間鐘」。故事暫且告一段落，但敢問，不誠心隨喜之人，難道只有那婦人嗎？見鐘之下場，可想而知。

28

一根羽毛，一個方向

我是一個幸運兒，在我的成長中，一直都有我尊敬的良師益友陪同。因此，我又像被寵壞了的小孩，每當遇到舉旗不定的時候，我都會找他們請教，他們都聆聽、分享，而這時，我更成為了被寵壞了的懶惰孩子，聽了一籃子的意見，眾說紛紜，心結鬆了，卻又糾結，不知道下一步應該向左走，還是向右走。

後來，我讀到一個《格林童話》的故事，得到了啟發。話說，從前有一位國王病重，想將王位傳給三個兒子之一。國王跟三個王子說：「你們到外頭去，看誰能替我找到一條與我最相襯的地毯。等我死後，我就把王位傳給他」，然後將三根羽毛「呼」的一聲吹向天空，令三個王子往羽毛飄飛的方向啟程。

第一根羽毛飛向東方，第二根羽毛飛向西方，第三根羽毛
卻沒飛多遠，就掉落在地上。大王子跟著第一根羽毛，
二王子跟著第二根，他們都想：三王子這蠢蛋只能原地踏
步，絕對找不到什麼好東西。於是，這兩個王子就隨便從
東西兩方找回了一般般的地毯。那三王子呢？第三根羽毛
原地飄下，卻飄在蓋板上。三王子打開蓋板，發現有一
道階梯，便走了下去。在這地下世界，三王子遇上大蟾
蜍，並且給他送上漂亮精緻的地毯。

這故事跟一般童話不無二致，同一個情節要來回三次：羽
毛三次落地，大王子與二王子三次輕率，三王子三遇大蟾
蜍，並且找到了讓國王滿意的地毯、戒指，以及公主。最
後，國王將王位傳給了三王子。

故事的告誡顯而易見，就是當一個人能夠通達地下世界所
象徵的內心深處，通過認識自己的這一次旅程，「原地踏
步」也能找到瑰寶。這樣的注釋，當然有道理，但我又
想：國王和羽毛，真的這樣偏心愛護三王子嗎？

我想實情未必如此，否則國王直接傳位給三王子便可。
我更願意相信的是，三根羽毛其實都可以引領王子找到瑰
寶，成功與否，還是取決王子的心態。一根羽毛，一個方
向，專心一致走到底，都是出路。

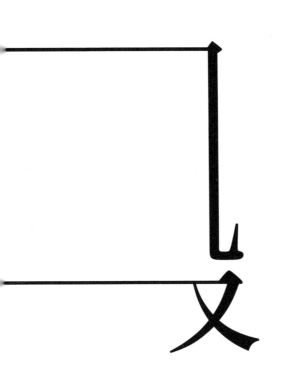

DURAS GUSTAVE FLAUBERT VIRGINIA WO
MOLINOS CARL GUSTAV JUNG BRÜDER G
MAUPASSANT MARGUERITE DURAS GUST
FRANCIS BACON   NOS CA
HENRY-RENÉ-ALBERT-GUY DE MAUPASSA
LEOPARDI SHUSAKU ENDO FRANCIS BACO
DOMINIQUE INGRES HENRY-RENÉ-ALBER
WOOLF GIACOMO LEOPARDI
GRIMM JEAN A   NUR
GUSTAVE FLAUBERT VIRGINIA WOOLF GA
CARL GUSTAV JUNG BRÜDER GRIMM JEAN
MARGUERITE DURAS GUSTAVE FLAUBERT
MIGUEL   NOS CARL GUSTAV JUNG
GUY DE MAU   DURA
ENDO FRANCIS BACON MIG   GUIN
HENRY-RENÉ-AL   MAUPASSA
LEOPAR   IS BACO
DOMINIQUE   HENRY-RENÉ-ALBER
WOOLF GIACOMO LEOPARDI SHUSAKU EN
GRIMM JEAN AUGUSTE DOMINIQUE INGR
GUSTAVE FLAUBERT VIRGINIA WOOLF GA
CARL GUSTAV JUNG BRÜDER GRIMM JEAN
MARGUERITE DURAS   OBER
MIGUEL DE   STAV JUNG
GUY DE MAUPASSANT MARGUERITE DURA
ENDO FRANCIS BACON MIGUEL DE MOLIN
HENRY-RENÉ   MAUPASSA
LEOPARDI SHUSAKU ENDO FRANCIS BACO
DOMINIQUE INGRES HENRY-RENÉ-ALBER

曾 經

chapter 3

29

捉蒼蠅不靠醋

多米尼克·安格爾（Jean Auguste Dominique Ingres，1780-1867）是法國新古典主義畫派大師，同時，也可能是這個流派的最後一位大師。安格爾的肖像畫，輪廓清晰，色彩鮮明，名作有《土耳其浴女》、《俄狄浦斯和斯芬克斯》，以及大名鼎鼎的《泉》。

安格爾的名言「捕捉蒼蠅不靠醋，而是靠蜜與糖」，以蒼蠅比喻觀者，可想而知他不著眼於藝術觀者，而重視作品的立場，而他的「蜜與糖」，正是新古典主義美學。

新古典主義畫派，曾經風靡一時，流行於十八世紀歐洲，其藝術風格追本溯源，回頭審視古典希臘與羅馬的美感觀念。這美學觀，以自然作為美的來源，理解藝術為提煉自然之美的過程。因此，安格爾反對藝術家以「新」取勝的

手法，並認為「美術上的變革往往正是失敗的原因」，因為「純潔性和自然的美是用不著以一鳴驚人的方式使它別出心裁的，只要她是美的，就夠了」。

然而，如果藝術的美只來自於自然，那麼作為模仿自然的藝術，有可能比自然更美嗎？安格爾的答案是：可能！因為藝術家「是學會把這些（自然的）美收集到一起」，而「希臘雕像之所以超越造化本身，是由於它凝聚了各個局部的美，而自然本身卻很少能把這些美集大成於一體」。換言之，一個中年男人或許能夠鍛煉出強勁的臂彎，卻有一個大肚腩；有六塊腹肌的美男子，往往四肢瘦弱；而五官端正的帥哥，卻可能不幸的髮線後退。一個擁有強勁臂彎、六塊腹肌、五官端正、秀髮亮麗的美男子，只可以是希臘雕像，只可以是藝術（也不失為安慰不少男士的看法）。

安格爾認為，藝術之道就是「去畫吧，寫吧，尤其是臨摹吧！」這樣的藝術觀，不但受到浪漫主義的衝擊，也不容易受到如今以創意為本位的藝術觀認同，但安格爾的一個觀點，卻是不容置疑的：「請熱愛真實，因為它是美的。」

安格爾的札記，寫文藝之道，也寫生活之道：要享受生活的美，不要收集醋，要收集蜜與糖。

30

可以懶惰，但不能貪心

在我們的文化裡，懶惰是一種極重的罪惡，甚至比狡猾的罪名更重。這樣的觀念實實在在地反映在民間故事之中，例如一個關於一個農夫與四個懶漢的故事。

從前，有一個農夫帶著農作物去趕市集，並在市集遇上四個懶漢。四個懶漢見到農夫的白菜、紅薯、雞蛋無不新鮮誘人，便知道這必然是一名辛勤的農夫。懶漢們跟農夫提議說：「要不我們各說一件親身經歷的事，誰不相信，便算誰輸。輸的要跟贏的走，一輩子給他做僕人。」當然，懶漢們心裡盤算的是要騙到勤勞的農夫當他們的僕人。

農夫一口答應了打賭，四個懶漢隨即叫來周圍的鄉親過來聽故事作證。四個懶漢輪流說出莫名其妙的故事，然而，農夫竟然都一一相信，而且聽得入神，大叫妙極。懶

漢與鄉親見狀，只能說農夫真心是一個老實人。

那麼，輪到農夫說故事了。農夫說，他曾經有四棵棉樹，每一棵樹開一朵花，每朵花結成了一個棉桃，而每個棉桃居然生出了四個孩子。農夫含辛茹苦，將這四個孩子嬌生慣養的養大成人，而他們竟然不想下田而離家出走，而這四個棉桃兒子不是別人，正是這四名懶漢。

四個懶漢聽罷，哭笑不得，如果說自己不信，那就輸了打賭，要給農夫做一輩子的僕人；如果說自己信，那就是認了農夫作養父，也是要跟他回去下田。就這樣，在鄉親的壓力下，農夫帶了四個懶漢回家「管教」，然後故事說：「農夫把這四個懶漢帶回家開荒種地，要是那四個傢伙偷懶，農夫就拿鞭子抽他們。就這樣，四個懶漢開了一塊田又一塊田。」

這是一個教導人們不要懶惰，更不要貪心的故事嗎？我想了又想，還是認為，這故事不過是教人不要既懶惰，又貪心，且愚蠢，否則總會遇上一個比自己更狡詐的人，並成為他一輩子的僕人。這故事叫〈一個農夫和四個懶漢〉，我想，還是叫〈一個大騙子和四個小騙子〉更貼切。

31

好人要有好報

莫泊桑（Henry-René-Albert-Guy de Maupassant，1850-1893）的著名短篇〈脂肪球〉以 1870 年的「普法戰爭」為背景，講述一班法國人打算乘馬車，逃離被普魯士軍隊佔領的盧昂城。車上，有伯爵夫婦、商人夫婦、兩名修女，還有政客，以及一名出入於上流社會的風塵女子。

那名風塵女子就是「脂肪球」，「因早熟而豐腴的體態知名，由此贏得『脂肪球』的外號。她身材矮小、全身圓滾滾，胖如一塊大肥油，手指也是鼓脹的，只在關節處才收緊，活像 一連串短香腸。她的皮膚光亮而緊實……她仍然誘人垂涎且深受歡迎」。

莫泊桑式的細緻描述，刻劃了一名善良、愛國，且總是為人設想的女子。在路上，車程因天氣而耽誤，其他人都

沒有攜帶食物，唯獨脂肪球心思縝密，帶來了切好的全雞、肉醬、水果、甜食，還有紅酒。脂肪球不記恨於眾人曾經對她的冷嘲熱諷，反而跟這群餓得可憐的同車人分甘同味，只是在飲飽食醉以後，他們又再回到沉默。

後來，他們來到驛站，駐守的普魯士軍官卻不讓他們離開，原因是他看上了脂肪球。脂肪球不願意接受如此的屈辱，一而再再而三的拒絕，但同行的高貴人士，為了保命，卻搬出了道理、故事、歷史去說服脂肪球。最終，脂肪球給說服了，但她得到什麼的下場呢？那群慫恿脂肪球的人，蔑視她，蔑視她做了不潔的事，「沒有一個人看她、想到她」，「這些卑鄙的人先犧牲她，然後當她是骯髒無用的東西丟棄」。

原來，「脂肪球」真有其人，是莫泊桑認識的一名風塵女子，她沒有上過那一輛馬車，卻曾獨力撫養一位因肺病死去的朋友留下的孩子。男孩長大後，卻以養母的出身為恥，離她而去，脂肪球也鬱鬱以終。

莫泊桑寫道，戰爭的災難「無不破壞了人們對永恆正義的一切信仰，也破壞了我們曾被教導上蒼護佑和相信人類理智的所有信心」，而其實，人的虛偽、自私、冷漠，亦然。我們不貪心，只求好人好報。

32

個性，在乎有與冇

我們不時都會聽到一些前輩說，無論是做藝人、作家、主持，最緊要是有個性。或許，我實在太沒有個性，於是關於什麼是「有個性」這問題，我曾經苦思良久，還是沒有什麼頭緒。究竟，有個性，是什麼樣的個性呢？如同，有顏色，是什麼樣的顏色呢？

我讀到一篇訪問，訪問的對象就是以有個性著稱的女作家瑪格麗特·杜拉斯（Marguerite Duras，1914-1996），也就是《厚顏無恥的人》、《廣島之戀》、《情人》等名著的作者。那麼，杜拉斯是如何的有個性呢？

杜拉斯的有個性，或許能見於她著名的「Ｍ·Ｄ制服」，即她長時期穿著的喇叭短裙、高領毛衣、黑背心與厚底鞋，但同時，更見於她的待人接物。

不少名人作者的深度訪問，往往不是一蹴而就，而需要來來回回多次的訪問才能圓滿。這位訪問者跟杜拉斯的訪問，也是如此，從初時拒絕、透過中間人引介，到杜拉斯忘了第一次的約見，終於訪問者完成了首輪訪問，寫好了第一稿，然後致電杜拉斯⋯⋯

「夏天過後，我一回到巴黎就打電話給她。我告訴她，我從意大利帶了一大塊帕瑪森乳酪給她。當時正值中午時分，杜拉斯剛起來。『正好，我家什麼都沒得吃。』她回道。她建議我幾分鐘內就到她家。不過這次也不是她親自來開門。至於靦腆害羞又無微不至的揚（杜拉斯的伴侶），則僅限於接過我手中提的那袋大包裹，隨即再度賞我吃了閉門羹。」

待人，接物，這次事件名正言順的展示了杜拉斯的待人與接物。我們大概都會覺得這實在太無禮，而無禮，不是一種值得稱讚的個性，但只有讀畢整篇訪問，我們都不難發現訪問者對於杜拉斯的喜愛，對於她的率真的啼笑皆非，就如她寫道：「我待在她家的這段時間裡（三個鐘頭，搞不好更久），她不斷從抽屜裡拿出大顆薄荷糖來吃，訪談結束時，才終於給了我一粒。」

原來有個性，就是在乎有與行，講求純粹、真誠、一致。

33

以滑稽為傲

「即使我的本質是個嚴肅的人，但我一直不夠莊重。那是因為我這個人實在太滑稽了，不是鬧劇中那種小小的荒謬，似乎是關乎生活本質的那種荒謬。」在一封寫給女作家路易絲・柯蕾的情書中，法國大文豪福樓拜（Gustave Flaubert，1821-1880）如是說。

一個總是不夠莊重的人，是如何成為一代文豪的呢？方法，我不知道，但其中的一個效果，肯定是給人指責離經叛道。因此，當福樓拜在 1856 年發表《包法利夫人》，法國社會曾經起了一陣兩極的騷動，有說這作品傷風敗俗，又有說這是「新藝術的法典」。如此兩極的反應，彷彿也適用於評論福樓拜的一生。

在他的《庸見詞典》中，福樓拜在「法國人」一條目，寫

道：「世界上最偉大的民族」。若讀者以為福樓拜是如此膚淺的一個法國人，那就忽視了書名的「庸見」二字。《庸見詞典》收錄的是福樓拜聽到當時法國中產階級所流行的成見、庸見。福樓拜自己不屑跟他們同流，並且埋怨：「中產階級脫口而出的陳腔濫調常常讓我大為驚奇。他們的舉手投足、話語的抑揚頓挫牢牢吸引了我；愚不可及的議論讓我暈眩……」相對於繁榮的法國，福樓拜一生嚮往的地方是落後、雜亂的埃及。

福樓拜最出色的文字，（我認為）都在他的埃及之旅寫成的：「昨天，我們到這個首都最高級的一家咖啡館。我們坐在裡面，看見街角有隻驢在拉屎……沒有人覺得奇怪，也沒有人說什麼。」

這話圓滿解釋了他何以如此鍾情埃及，他喜歡金字塔、帝王谷、卡納克神廟，以至「總是面帶愁容的」駱駝，但他更喜歡的是埃及的「不莊重」，也是他心中的純真。

在那傲慢自負的城市生活，率性成為了不莊重、滑稽，以至荒謬。平常人或許就此自我檢討，但對於同樣傲慢自負的福樓拜，他認為城市生活的荒謬，比他個人更荒謬，也顯得他不夠莊重。與其虛偽，他更樂於以滑稽為傲。

34

當一個普通讀者

我不懂得寫書評。至少，我不覺得自己掌握了如何準確地寫好一篇書評。因為寫書評，顧慮很多，而這些顧慮往往彼此矛盾，難於調適，總是叫人無從下手。

舉例，我應該如何寫好一篇有概括性的書評，卻又不減讀者親自閱讀時的新鮮感呢？又例如，我應該如何寫一篇有批判性的書評，而沒有只是自說自話，掩蓋了作者的聲音呢？這些大概都是技術性的問題，或許我多加練習，還是能夠解決的，但有時，寫書評涉及一種有關道德的問題。

英國作家吳爾夫（Virginia Woolf，1882-1941），不但是一位現代主義與女性主義的先鋒，反璞歸真，更是一名愛書、讀書之人。吳爾夫的閱讀量驚人，並在 1917 年和丈夫一同創辦了霍格斯出版社，出版了艾略特的詩作《荒

原》等經典書籍。再者，她也寫書評。

吳爾夫曾經出版兩部書評集《普通讀者》，以非學術的「普通讀者」角度，隨筆的形式，寫下了有關契訶夫（Anton Pavlovich Chekhov，1860-1904）、珍·奧斯汀（Jane Austen，1775-1817）、蒙田（Michel de Montaigne，1533-1592）等作家的作品、生平、趣聞，卻又在如此輕鬆的形式之中，展示了她獨有的、細膩的批判力。她的書評，評書，也評歷史，兼評日常。

兩大冊的《普通讀者》廣受好評，得到了暢銷五萬冊的記錄，可是對於這個銷量上的成功，吳爾夫不以為然，反而不安的懷疑寫書評已經成為她所謂的「知識的賣淫」，即在（吳爾夫認為男性主導的）資本主義社會，閱讀也成為了講求效率的消費行為。書評人，往往成為了幫兇，以代理人的角色代替讀者閱讀，而且撰寫書評以獲利。

那麼，為什麼我們還要寫書評呢？或許解答了這問題，也能找到寫好書評的方法。在〈如何閱讀一本書〉一文，吳爾夫寫道：「上帝或許不無嫉羨地轉身對使徒彼得說，『你看，那些人不需要獎賞。我們這裡沒有什麼可以給他們了。他們熱愛閱讀。』我想，寫好一篇好書評，或要當上一名好的書評人，別無他法，就是真誠的熱愛閱讀。」

35

我 們 可 以 老

談起時尚，不能不提到意大利。自從文藝復興而來，意大利彷彿掌控了世界品味的話語權，時至今日，米蘭時裝還是時尚界的權威。

當一個地方以某一件事或物為傲，同時同地，便會有人反思、批判這某一件事或物，這是人類的文化常態，是我們辯證的習慣。早於十九世紀初，便有一位意大利悲觀主義詩人，以對話的形式，寫下了他對時尚的思考，作者的名字是萊奧帕爾迪（Gaicomo Leopardi，1798-1837），這篇短文題為〈時尚和死亡的對話〉，顧名思義，就是時尚和死亡的一場對話：

時尚：我是時尚呀，你的姊妹。
死亡：我的姊妹？

時尚：是啊。你不記得我們都是衰老（caducity）的女兒
　　　了嗎？……我不會告訴你為了追隨我，有多少人
　　　患了頭痛、感冒、各種炎症，以及一天一次、三天
　　　一次或四天一次的發燒；他們順從我的意志……
　　　他們願意按照我的意志去做任何事情，不管會對他
　　　們造成多大傷害。

死亡：這樣說來，我相信你確實是我的姊妹。

時尚：以往，為了幫助你，我一步步地讓人們忽視和放棄
　　　那些有益身體的活動和運動，同時，我又引進了無
　　　數讓人們趨之若鶩的各種損害身體和縮短壽命的法
　　　子……

自幼體弱多病的萊奧帕爾迪，對於痛苦和痛楚的感知都比
一般人敏感、強烈，而他對於時尚所帶來的痛楚，以及它
對人體損耗的認知，又是何等的理所當然。在晚禮上，女
士們的連身套裝設計，根本是沒有考慮到人類是有排泄必
要的，導致她們往往連一滴水也不敢喝下，更不用多談那
萬惡之首的五吋高跟鞋（有更高的嗎？當然有！）。

縱使悲觀，但萊奧帕爾迪的見解，總是值得我們慢慢細味
的。他曾經說過，時尚與死亡是姊妹，都是「衰老」的女
兒，言下之意，若健康與衰老是對立的，時尚與死亡都是
為「衰老」服務的。

然而，他說的「衰老」卻偏偏用上「caducity」，直譯為「衰老」，但又內含人生隨年紀轉變的意思。在此，老是中立的，十四歲的孩子比四歲的小孩老，八十歲比四十歲老，也提醒我們：我們可以老，但不一定要衰。

36

堅毅的人不一定要
堅毅一輩子

「1961 年 7 月 2 日早晨，瑪麗·海明威，他的第四任妻子正熟睡在樓上的主臥裡。突然一聲像兩個抽屜砰地關上的聲音使她驚醒了過來……」海明威就這樣在他於凱徹姆的住所，以一支獵槍向自己的頭顱開槍，了結了他六十一年的生命。

三十八年後，也是海明威的一百周年誕辰，美國作家羅斯（Philip Milton Roth，1933-2018）在《紐約客》發表了一篇文章，引述瑪麗·海明威的話，並寫道：「瑪麗說這是一場意外事故，我相信她的話。海明威不能容忍自殺這種行為。他會說『別死。這是我所知道的唯一毫無意義的事情。』他熱愛生活也相信生活。」

為什麼瑪麗·海明威與羅斯都相信海明威不會自殺呢？因

為她們都懂得海明威，知道他的堅毅。在西班牙內戰期間，海明威自告奮勇到了前線，其間曾經染上炭疽病、患上了腎病、遇上車禍，更試過遭遇轟炸，令到他眼部、手部、鼠蹊部肌肉等多處身體受過重傷。到晚年，他遇上了兩次飛機失事，以致腦震盪、頭蓋骨裂開、臂膀脫臼、左腎和脾臟破裂、身體多處嚴重燒傷，卻活過來了。因此，妻子相信，海明威才不會這麼輕易自殺。

妻子的邏輯是，海明威已經捱過了這麼多，都能夠活下去，他怎可能不珍惜生命呢？但我又想，海明威已經捱過了這麼多，會否剛剛到達了他的極限呢？

我自問是軟弱的人，欠缺毅力，欠缺意志，更欠缺對樂觀態度的樂觀態度，例如家庭醫生有時會提醒我說，人要常常保持輕鬆、快樂、正面，那麼連癌細胞都可以戰勝，而我卻會在心裡面想起臉上的暗瘡，心中怨念：我的快樂意識，連暗瘡也沒有治好，還希望可以擊退癌細胞嗎？

因此，我欣賞有堅毅意志的人，如海明威。我不會懷疑海明威不熱愛生活，也不認為他的自殺，代表他不熱愛生命。當然，我更不是鼓勵任何傷害自己身體的行為，想起海明威的事，我只是想說：請不要以為堅毅的人，就非得要堅毅一輩子，這不是堅毅的人應當要受的苦。

37

接受另一個自己

醜聞，一項擁有驚人破壞力的人類發明。醜聞的厲害，在於它可以一夜之間令一名位高權重的政客下台，也可以令一個叱咤風雲的大亨退隱。證實了的醜聞是案、是罪，但醜聞的真正破壞力，在於只要它流傳，當事人就要恐懼，就會害怕。

為什麼人害怕醜聞呢？這看似簡單的問題，問的不但是醜聞如何在社會中運作，也問到人心恐懼的深處，而這也讓我想起日本作家遠藤周作（Shusaku Endo，1923-1996）的一本小說，書名直截了當——《醜聞》。

遠藤周作被稱為日本第三代作家之一，曾經得到芥川龍之介獎、谷崎潤一郎獎，以至日本文化勳章等殊榮，而遠藤文學之聞名，在於其濃厚的宗教色彩，以及遠藤周作自我

強調的天主教徒作家身份，而「事有湊巧」，《醜聞》一書的主角，就像作者本人，是一位受人愛戴的天主教作家，名叫勝呂。《醜聞》的故事，顧名思義，就是有關主角勝呂的醜聞：這位有上萬名忠實讀者追捧的六十多歲老作家，以他宗教性小說的純樸與洗滌人心而聞名。在他的家庭、事業與信仰都平靜安逸之際，一則有關他出入風月場所的醜聞卻在慢慢發酵，勝呂為了自己模範人生的聲譽，以及要擺脫醜聞而來的不安，於是決定深入調查，要還自己的清白，卻竟然查出了越來越多的證據，指向自己就是醜聞主角的方向。

故事的結局，自然有待讀者閱讀，但這故事的重要性，在於遠藤將醜聞得以運作的精髓，化作了故事：一個道岸貌然的天主教徒作家，發現了醜惡、下流的「另一個自己」出沒，醜聞因此成形。醜聞的本質，就在於有兩個「自己」的出現，而醜聞的主角之所以恐懼，其實是恐懼面對那「另一個自己」。遠藤周作提醒我們：無論醜聞中的「另一個自己」是無中生有，還是真有其事，只要人接受不了這「另一個自己」，醜聞的恐懼才能運作。

《醜聞》的原名，叫《老人的祈禱》，老人要禱告什麼呢？或許，就是祈求讓自己可以接受「另一個自己」的力量。

38

解迷，從來不只一種方法

在我們的文明史，密碼的出現最早可以追溯至公元前五世紀。那就是著名的「斯巴達密碼棒」：加密者會將一條羊皮條，捲在一支棍棒之上，然後加密者沿著棍棒的長（而不是圓周），寫字在羊皮之上，寫好後，解下的羊皮條就是一段含意不明的文字。

當這羊皮條交到解密者手上，解密者必須有跟加密者一樣直徑的棍棒，將羊皮條重新捲在棒上以解碼：橫向的讀出內文。試想，若羊皮條置在不同直徑的棍棒上，橫向拼出的文字就會有不同的錯位，而密文就不能給解碼了。

斯巴達密碼棒曾經是人類文明最先進的密碼器，而作為一種軍事工具，密碼技術的發展，也成為了軍事史的側寫。然而，當密碼遇上文藝，卻又甚有玩味。

在文學史上，莎士比亞的「真正身份」一直是不少人眼中的謎：有人堅持那個連自己名字都會拼錯的鄉下人就是莎翁本尊，也有人認為莎士比亞是由伊利沙伯女王所組的賢士團之集體筆名，也有一說指莎翁就是近代密碼術之父，即哲學家法蘭西斯‧培根（Francis Bacon，1561-1626）。

說來話長，支持培根就是莎翁的一派人，有不少是解碼專家，他們在莎翁喜劇《愛的徒勞》第五幕第一場中找到一個奇怪的長單字「honorificabilitudinitatibus」，他們確信這是培根留下的密碼，並運用變位詞解密法，譯成「Hiludi F. Baconis nati tuti orbi」的拉丁文，意思是「這些劇作是 F‧培根所做，流傳於世之物。」

這樣的解迷，很有趣吧？而更有趣的是，另一組持相反意見的解碼專家，運用同一種解密術，竟然將此字解密成「去吧，莎士比亞將登場表演。」解謎，從來不只一種方法。

39

守靜篤

近年，瑜伽成為了這個城市的潮流，甚至狂熱，有人用午餐時間上瑜伽班，也有三五成群的包場請專業教練指導，還有各式各樣的「瑜伽套餐」湧現，如雙人瑜伽、親子瑜伽、主人與動物瑜伽等等，有價有市。瑜伽的魔力，不容置疑，有試過瑜伽的人除了會分享筋絡如何得到舒緩（又或劇痛），也都會提到那一種心平氣和的經驗。這份寂靜，甚至接近一種宗教經驗。

瑜伽與印度教的關係，眾所周知，那我就不多說了，反而當中寂靜主義（quietism）的靈修原則值得一說。老子說：「致虛極，守靜篤。萬物並作，吾以觀復。」意思是指，心靈要保持在虛和靜的極致狀態，而無論萬事萬物發生，就以此狀態，察看事物的循環往復。這種以寂靜連結萬物的靈修原則，廣見於很多信仰，包括禪宗、婆羅門

教，以至天主教。

在 1680 年代，天主教的寂靜主義曾經達到了巔峰。不少記載稱西班牙人模利諾斯（Miguel de Molinos，1628-1696）為「寂靜主義」的始創人，事實上，「寂靜主義」的由來卻是出於譴責他的人，他們批評模利諾斯是「寂靜主義者」。

寂靜主義相信，人能夠透過靜觀靈修的方式，棄絕個人的主動，以達至與神相通合一的境界，而透過他的影響力，模利諾斯令寂靜主義的思想，在法國、意大利、西班牙等地得到了廣泛的支持。寂靜主義固然與十六世紀初的光照派（Alumbrados）有所連結，但如此「簡單合理」的心靈原則，卻遭到當時教會極大的批評與嚴懲。

在 1687 年，教宗依諾增爵十一世（Pope Innocent XI，1611-1689）以異端邪說之名，譴責並終身監禁模利諾斯，原因是指出他主張的寂靜主義是「有害與可疑」的靈修運動，其主張以「被動」的寂靜取代個人「主動」的虔敬表現，會影響到人參與教會事務、漠視教規、忽視聖事，甚至脫離教會。

教宗依諾增爵十一世的神學判斷，究竟有多麼的純粹，

我暫且沒有足夠的神學知識論斷，但回望歷史，我只希望，模利諾斯由始至終是真心真意的寂靜主義者。那麼，當他在獄中度過人生的最後九個年頭時，他至少還能夠在寂靜中，與他的神同在。

40

期待光明的一剎那

說起太陽神，不少人都會想起阿波羅（Apollo）。阿波羅是宙斯與黑暗女神勒托的兒子，左手拿著象徵太陽的金球，右手提著七弦琴，既是大樂師，也是百發百中的銀弓主人，更是最早教人類醫術的神祇。阿波羅不說謊言，光明磊落，又稱「真理之神」。哲人尼采（Friedrich Wilhelm Nietzsche，1844-1900）便曾經借其名號，在著作《悲劇的誕生》之中，提出著名的「酒神與日神」藝術論。然而，如此美善且廣為傳頌的阿波羅，真的是太陽神嗎？

在古希臘神話中，真正的太陽神應該是赫利奧斯（Helios），祂是提坦巨人許珀里翁與忒亞所生的兒子，也是黎明女神與月亮女神的弟弟。赫利奧斯的故事，沒有阿波羅的豐富，只知道祂曾經是阿波羅的車手，負責駕駛日車，晨出晚沒，後來慢慢被人與阿波羅混為一談，而阿波

羅的正名，其實是「光明之神」。

光明之神與太陽之神，聽起來分別不大（所以後人才混淆了），但只要細心想想，卻會明白這兩者之分別，也反映了神話奧妙的洞見。在此，讓我談一段瑞士心理學家榮格（Carl Gustav Jung，1875-1961）的往事。

話說有一次，榮格到了東非埃爾貢山的原住民部落考察，觀察到原住民崇拜朝陽的現象，於是榮格就問他們：「太陽是你們的神嗎？」原住民否定了榮格的提問，榮格只好再三追問，直至酋長澄清了誤會：「高掛天頂的太陽的確不是神。但是，太陽在東升之際，那就是神。」

為此，榮格的傳記中，有此一記：「我認為人類的靈魂在初始之時就存有對光的憧憬，具有想脫離原始黑暗的難耐衝動……曙光乍現的瞬間就是神。這個瞬間帶來了救贖和解放。這是瞬間的原始經驗，若將太陽視為神，就會失去並遺忘這個原始經驗。」

因此，我們更明白光明之神阿波羅，比太陽神更加可貴，阿波羅的小名佛布斯，就是「光亮」和「閃亮」之意。當人在黑暗之中，期待的不是那高掛天頂的太陽，而是那照出方向與出口的剎那光明。

41

要 有 你 的 第 一 撮 米

從前，有一個農夫，名叫沈三，他與太太，以及一個兒子，一家三口，耕一塊小地，過一些小日子。某年，他們遇上大旱，田裡的稻子都枯了，四處草木不生，一片黃土，但奇怪的是，沈三的兒子，每天都割到一大捆綠油油的嫩草回家餵羊。沈三奇怪了，就偷偷跟著兒子去割草。原來，兒子找到了附近的一個盆地，盆地寸草不生，卻於中央有一塊長滿了綠草的小圓地。沈三好奇，打算待兒子割草走遠後，就去那草地看個究竟。沈三躲在樹後，眼看兒子一走，那剛剛給割了的草又一瞬間長出來了。當沈三準備走近草地時，忽然，一隻小鳳凰從天而降，鑽入了草叢玩耍，鳴唱了一會後，又飛回山中。沈三想起老人曾經說道鳳凰無寶不棲，便往草地的土裡掘，果然掘出了一個古舊的大陶盆。

長話短說，大陶盆原來是一個聚寶盆，放一撮米進去會變出兩撮米，放一條玉米進去會變出兩條玉米，反正放什麼進去，就變出更多的什麼來。聚寶盆幫沈三一家變出了米，捱過了旱災。老實的沈三也遏止了貪念，決定不再不勞而獲，並將聚寶盆埋於後園。

然而，聚寶盆的事傳了開去，聚寶盆輾轉到了一個縣官的手上。縣官一家人把玩聚寶盆，放入一支金釵變兩支金釵，放入一個元寶變兩個元寶，一變二，二變四。縣官一家人玩得興奮，你爭我奪，最後縣官的父親一不小心，跌了一跤，頭朝下腳朝上的栽進了聚寶盆。

縣官急了，要把父親拉出來，卻拉出來了一個新的父親，另一個父親還是插在聚寶盆內，縣官氣了，又再拉，又變多了一個父親。故事說，如是者，縣官拉出了一百零八個父親，再加上頭還插在聚寶盆中的父親。一大班父親，整天在家中吵吵鬧鬧，永無寧日。

所以這個故事是要教導人們不要貪心嗎？可能吧！但我想，另一個重要的提議是：我們要有那第一撮米。否則，哪怕機會來臨，哪怕我們找到了聚寶盆，也不可能無中生有。

組

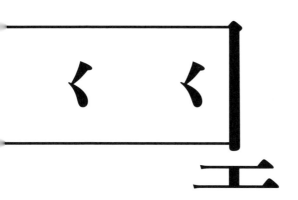

CHESTERTON VOLTAIRE EDWARD BURKE
G.K. CHESTERTON VOLTAIRE EDWARD BU
GRIMM G.K. CHESTE
BRÜDER GRIMM G.K. CHESTERTON VOLT
DERRIDA **BRÜDER GRIMM** G.K. CHESTERT
JACQUES DERRIDA   G.K. C
KINNOSUKE JACQUES DERRIDA BRÜDER
NATSUME KINNOSUKE JACQUES DERRID
LAMB NATSUME KINNOSUKE JACQUES D
CHARLES LAMB NATSUME KINNOSUKE JA
BURKE CHARLES LAMB NATSUME KINNO
EDWARD BURKE CHARLES LAMB **NATSUM**
VOLTAIRE EDWARD BURKE CHARLES LAM
CHESTERTON **VOLTAIRE**   BURKE
G.K. CHESTERTON VOLTAIRE EDWARD BU
GRIMM G.K. CHESTERTON VOLTAIRE EDW
BRÜDER GRIMM G.K. CHESTERTON VOLT
DERRIDA BRÜDER GRIMM G.K. CHESTERT
JACQUES DERRIDA BRÜDER GRIMM G.K. C
KINNOSUKE JACQUES DERRIDA BRÜDER G
NATSUME   KE JACQUES DERRIDA
LAMB NATSU   DE
CHARLES LAMB NATSUME KINNOSUKE JA
BURKE CHARLES LAMB NATSUME KINNO
EDWA   **CHARLES LAMB** NATSUM
VOLTAIRE EDWARD BURKE CHARLES LAM
CHESTERTON VOLTAIRE EDWARD BURKE
G.K. CHESTERTON VOLTAIRE EDWARD BU
GRIMM G.K. CHESTERTON VOLTAIRE EDW

彷彿

chapter 4

42

理性是人的基本需求

「我用大神的聖名起誓，我從來沒有看到王后的寶犬，也從來沒有看到王上的神駿，我只是根據沙地上留著的足跡判斷出來的。我看見沙地上有動物的足跡，一望而知是小狗的腳印。腳印中央的小沙堆上，輕輕地印著一些長條紋，我知道那是一隻乳房下垂的母狗，幾天前剛生過小狗。另外，又注意到沙土上有一個腳印沒有其餘三個那麼深，我明白這母狗是瘸腳的。」

對偵探小說略懂一二的讀者，或許會以為這段破案的台詞，是出自柯南道爾（Arthur Conan Doyle，1859-1930）筆下的福爾摩斯，又或偵探小說始祖愛倫坡（Edgar Allan Poe，1809-1849）筆下的杜賓。兩位名偵探都以觀察入微，加上運用理性與邏輯，而推論出兇手破案而著稱（有別於布朗神父之流的心理分析派），但不可不知，兩位名

偵探的塑造，其實都帶著一個比他們更早出現的故事角色之陰影，他就是伏爾泰（Voltaire，1694-1778）筆下的札第格（Zadig），也就是那「明白這母狗是瘸腳的」那一個人。

《札第格》是一部啟蒙時期的中篇小說，寫於 1747 年。故事以古代的東方為背景開展，講述品性善良的巴比倫青年札第格，因為自己的信仰、原則，以及處事手法而遇到一段接一段曲折離奇的經歷。其中一節，講王后的狗與國王的馬不見了，而札第格卻因為堅稱自己沒有見過這兩隻動物，卻又能夠說出牠們的特徵而遭毒打。最後，人們尋回了動物，札第格才解釋我開首引用的那一段觀察與推理，而他的結論正是推論的結果。

因為札第格以觀察與推論而破案，所以不少推理小說史學家認為《札第格》（比愛倫坡的小說更早）才是近代推理小說的源頭。我有點懷疑這說法，畢竟涉及謎團的故事，或多或少都有觀察與推論的過程，而歷史上的謎團故事多不勝數。

但，可以肯定的是，《札第格》是一部諷刺世人盲從權威以至於不可理喻，並且展現理性之可貴的作品。話說回來，《札第格》的作者別無他人，正是鼎鼎有名的法國理

性主義思想家伏爾泰。我想，推理小說的源頭是否就是《札第格》，其實並不特別重要，但推理的源頭是理性主義，而我們的社會對推理小說的非理性熱愛彷彿從未退卻，卻是值得我們記住的。

43

培養聊天力

跟朋友聚餐，讓我留意到一個香港的「怪現象」。我們活在一個愛好飲食的城市，每天都接觸到不同形式的飲食介紹，從電視，到網上，以至朋友的口耳相傳，「這家的魚蛋是人手造的」、「那家的醬料是祖傳」等等等等，而當說到甜品，我們都會聽到這樣的推介：

「某某店的甜品很好吃呢！」

「是嗎？怎樣好吃？」

「甜品很好吃，因為不太甜。」

我無意諷刺，只是覺得以「不太甜」作為鑒賞甜品的準則，很有趣，也令我想起英國哲學家柏克（Edward Burke，1729-1797）如何談「鑒賞力」。說柏克是一名哲學家，不算十分準確，畢竟他的保守主義立場與政治演說

事跡，描繪出他強烈的政治家身份。無論如何，柏克的第一本著作是關於美學的，而且是十八世紀的經典，題為《我們的崇高和美兩種觀念的根源》。

書中，柏克談到什麼是鑒賞力：「『鑒賞力』是個本身並不很精確的比喻名詞，因此可能引起模糊和混亂的狀態……我用『鑒賞力』這個詞來指稱來自心靈感受或評價想像活動和高貴藝術作品的能力。我的目標是要研究鑒賞力是否有著某些確鑿的，有根有據的普遍原則，能用來作為充分的推理工具。」柏克的斷言讀來有力，但為了評價高貴藝術品而來的鑒賞力，跟評論食物有什麼關係呢？

柏克對於鑒賞力的理性基礎之論述，出乎意料的回到比喻的語言，他說「必須承認，每個對象都會在全人類的心靈裡引起相同的苦與樂。所以除了那些味覺被嗜好和疾病破壞了的人以外，每個人都會喜歡甜味，而討厭苦味。每個人都會認為，光明比黑暗更好，夏天比冬天更舒服。」

你以為香港人喜歡不太甜的甜品這現象，就能推倒柏克的推論嗎？我彷彿聽到柏克的答覆：「你們就是那一班『味覺被嗜好和疾病破壞了的人』。」那麼，我們又會怎樣回答呢？「你說『夏天比冬天更舒服』？你試一下烈日當空在銅鑼灣鬧市中走走看吧！」我在談鑒賞力嗎？或者，我在談聊天。

44

不吐不快

無形，相對於有形，就像抽象相對於具象，感覺是虛
的，但正是讓一切實現、實在的起點，老子說得很清
楚：「道可道非常道，名可名非常名」，一方面「無，名
天地之始」，另一方面「道生一，一生二，二生三，三生
萬物」。無形的起始與創造，也讓人想起古埃及的創世
神——阿圖姆（Atum）。

說起神話神祇，大家都會想到古希臘奧林帕斯，但事實
上，古埃及也是滿天神祇。在法老王圖特摩斯三世的墓
中，有一幅諸神列表，記錄了超過七百多名神祇，而阿圖
姆正是九柱神之首，古埃及的創世神。

古埃及新王國時期的著作《亡靈書》如是說：「我是阿圖
姆，當我獨處的時候，也就是我與努恩分離的時候。當我

開始治理我所創造的萬物時，我是炫展光輝的雷（Atum-Ra）。」在創世之前，阿圖姆與作為宇宙起點的一團液體神祇，名叫努恩（Nun），混合糾纏於混沌。在古墓找到的經書上，便記載阿圖姆說：「我一直與努恩共處，無聲無息，沒有形體也沒有意識，沒有立足之地，也沒有一個支撐點。」

然而，阿圖姆的潛伏就是為了創造，祂的存在是為了從無形的一切，選取物體的成分，令萬物成形。在古埃及文化，「阿圖姆」一詞代表所有的一切，但同時除卻了一切，這詞形容一件物體完成的狀態，但同時代表一切不能回復到從前的處境。

那麼，在神話的描述中，阿圖姆創世的故事是如何展開的呢？眾說紛紜，但主要有兩個說法。有說是阿圖姆以手淫噴出精液，帶來了生命與萬物。另一說是阿圖姆從口中咳出了一口痰，而這口痰孕育出第一對天神，即空氣之神舒，以及濕氣之神泰芙努特。

這兩個阿圖姆創世的版本，我都好喜歡，彷彿同時說明了創造力，包括創作的原則。創作，有時就是一種慾望的轉換與呈現，但有時，也像阿圖姆口中的那一口痰，與衛生、健康無關，不過就是不吐不快。

45

找到籠子的門

「每天要在會計室裡工作八九小時，有時候甚至達十小時。但是我也逐漸習慣並滿足了 ── 一種頑固的滿足感，就像囚在籠中的野獸對囚籠的習慣和滿足。」究竟，一個人生有多麼的困難，才會想到「囚在籠中的野獸」也會對囚籠滿足呢？

查爾斯・蘭姆（Charles Lamb，1775-1834）是一名長期被忽視了的英國作家。他較為人熟悉的作品，大概是他與姐姐合寫的《莎士比亞戲劇故事集》，當中有從二十部莎士比亞戲劇改編而成的敘事體散文。然而，我更喜歡蘭姆的散文，他以日常的角度記錄生活、糾結、壓抑，文筆輕盈，又有沉重。

開首的引文，便取自蘭姆一篇關於退休的隨筆。當他從一

天工作十小時的生活，轉換到退休生活，他感到「這好像是從時間的隧道一下掉進了永恆，一個人所有的時間都開始屬於自己的時候，這就是一種所謂的永恆。」

永恆，不一定美好。我們不難發現蘭姆寫退休，彷彿不是一件美事，而是一次打破了他生活規律的重擊，令他頓時迷惘。他寫：「剛開始獲得自由的時候，我還有些想念過去套在自己身上的枷鎖。」

究竟，這隻「囚在籠中的野獸」在想念什麼「過去套在自己身上的枷鎖」呢？

蘭姆的人生一波三折，出身在中規中矩的家庭，成績優異，卻因為口吃未能通過預試，因此十五歲輟學。與他一同寫成《莎士比亞戲劇故事集》的姐姐，則長期受精神疾病之纏累，更曾經造成家庭慘案，及此，蘭姆終生未娶，獨個兒照顧姐姐四十年，其中三十三年，他在同一間公司工作，直至退休。

或許，三十三年在同一間公司做同一份工作的穩定，是讓他抗衡生活與日常混亂與艱難的一份力量。當一頭野獸學會了籠外的世界是多麼無常、多麼難以理解，這個籠竟然成為了他的舒適圈，而當他被趕出籠時，他感到「自己目

前狀況的改變比作陷入另一個世界」。再者，這「另一個
世界」不過又是另一個籠子。

我想，認識自己的籠子的確不是壞事。如此，我們更有可
能把握如何開關、進出籠子的門。

46

找 到 你 的 豪 豬

魯莽與率真,這兩者之間的界線,彷彿是一條虛線。在成長的路上,有好幾次,有人教導我要如何變得成熟的時候,我總是想:他是要我變得虛偽嗎?這樣的糾結,想必不是只有我一個人擁有,然後我又想,夏目漱石大概也是因此而寫成了《少爺》這日本當代其中一部最受歡迎的長篇小說。

《少爺》發表於 1906 年,講述主角「少爺」從東京的物理學校畢業後,到了四國松山這個鄉下地方當老師(現在的松山市成為了旅遊熱點,市內還有「偽柴油蒸氣火車」行駛,名為「少爺列車」,聲稱要重現小說中的風景)。少爺天性率真,鬧出了不少啼笑皆非,又發人省思的事。

話說,當少爺到達松山後,便去找校長去了。校長交給少

爺聘書以後，便長篇大論教育之精神云云。少爺心想：「說什麼一定要成為學生的模範，成為一校之師表，一定要成為一個不僅能教書，還能育人的教育家——一下子提出了許許多多額外的要求。也不想想，倘若真是如此了不起的人物，會為了四十個大洋千里迢迢跑到這種窮鄉僻壤來嗎？」

於是，爽快的少爺便對校長說：「你說的那些，我是做不到的，這聘書還是還給你吧。」哈哈哈哈，少爺的回答實在妙，但校長也非等閒之輩，校長聽罷笑說：「我剛才說的是對你的期望，我也知道你不可能都做到，不用擔心。」當然，校長叫少爺「不用擔心」，真正的意思應該是：你慢慢就會學會應對名不副實、虛情假意的話。然而，少爺就是學不會跟口是心非、卑劣迂腐的人打交道，還惹上了外表道貌岸然的卑鄙小人「紅襯衫」。幸而，少爺認識了同樣率性的好友「豪豬」，總算過了一段有趣的日子。

最後，少爺與豪豬對紅襯衫進行了「大報復」，之後辭呈，離開他們口中的「污穢地方」。若叫都市人寄望的純潔鄉下，也是如此污穢，少爺與豪豬能逃到哪裡安樂生活呢？我又想，至少，少爺找到了豪豬，找到了一個能夠叫你繼續堅持善良的豪豬。

隨著年紀增長，家中的增補物（supplement）越來越多，鈣片、魚油、銀杏精華，還有各式各樣的維他命，一樽樽的堆了個小山丘。據說，這些增補物能夠滿足身體更全面的營養需要，也是維持健康的必需品。那麼，增補物究竟是一種額外，還是一種必要呢？

這富有矛盾性的問題，當然不是我此等凡夫俗子想得出來的。這可是法國解構主義哲學家德希達（Jacques Derrida，1930-2004）提出的一個重要概念。補充（supplement），看似是主要以外的次要，就像一篇文章結尾的附件，但德希達質疑，如果補充是次要的話，它本身就不應該存在了，補充作為增補的本質，就是那主體沒辦法完成的種種。這正是附件之必要：在於它告訴你內文沒辦法完成的內容。

換言之，補充直接指出了主體的缺陷，並填補之，以達到一種完整。因此，補充與主體，其實沒有主次之分。

這個關於補充的思考，讓我想起文學的本質。有說文學一直存在於知識系統的邊緣位置，而知識的中心則隨著時代的進展，先後給哲學、神學、科學佔據。文學的邊緣位置傳統，由來已久，早在古希臘時間，柏拉圖便提出要將「詩人」逐出他心目中的理想國。

但不得不提的是，柏拉圖之所以要流放詩人，正正是他肯定詩人透過語言而牽動情感之能力。他害怕詩人的感染力會損害理想國的理性基礎。時至今日，我們都知道理性再不是人類文明的全部，情感、身體，以至潛意識，都是我們重要的知性來源。

無論於學院，以至於社會，文學的邊緣位置，彷彿顯而易見。但，哪怕文學真的身在邊緣，其本質，就像德希達所言之補充，是必不可少的。文學的次要，或許在於它的缺席不至於令人無法存活下去，但文學的重要，在於它以想像與創意拉闊語言文明的力量。沒有了文學，或許，我們還能勉強活下去，但有了文學這個增補物，我們活得更健康、更圓滿。

48

憑良心判斷告誡

我有一條讀童話的原則：心煩時，重讀故事；心理狀態正常時，開卷未讀過聽過的童話。

心煩時，重讀有美滿結局的童話，讀過你早知道套路的起起落落後，主角如願以償，這樣重讀童話，彷彿一次心靈系統復修的過程，而心煩時不開始新的童話，也就是因為主角的那些起起落落，總叫人生氣、著急，尤其當主角總是不聽別人的忠告！

童話主角不聽別人忠告的例子多不勝數，其中教我讀得最不耐煩的有《格林童話》的〈金鳥〉故事。〈金鳥〉篇幅較長，而且有點迂迴，濃縮一點的版本就是：有一天，國王的金蘋果樹少了一顆金蘋果，三個王子輪流守候，後來三王子發現是金鳥所為，而在狐狸的幫助下，三王子得悉

金鳥下落，卻又因為他總是不聽狐狸忠告，所以一次又一次的闖禍。

三王子因為不聽忠告，而失去了金鳥，又為了贖回金鳥，而前去尋找金馬；再因為不聽忠告，而失去了金馬，又為了贖回金馬，而前去尋找黃金城公主。之後的故事翻來覆去，總之，三王子到最後關頭，還是沒有聽從狐狸給他的臨別忠告。就此，三王子受到兩個王兄所害，失去了金鳥、金馬，以及黃金公主。

當然，童話故事自有其邏輯，三王子沒有聽從忠告，但狐狸還是不離不棄，再一次為他解憂解難，三王子最終回到王國，真相大白，有一個美滿的結局，但狐狸呢？牠的下場又如何呢？狐狸只希望三王子幫牠一件事：「到了森林後，我要你射殺我，然後把我的頭和四肢都斬斷。」三王子最終有沒有聽狐狸所言，而殘忍的了結牠的生命呢？

狐狸的結局，我賣個關子。在此，我想說的是：為什麼童話的主角總是不聽忠告，卻都能夠化險為夷呢？「吉人自有天相」大概就是答案，而吉人的意思是：善良的人。在人生的旅程中，告誡何其之多，而我們又以什麼準則來判斷告誡之好壞呢？童話說，憑良心。

49

大智慧可能是耍小聰明

「小聰明與大智慧之別」，常常成為童話、神話，以及民間故事的主題。這些故事的功能，除了是人們口耳相傳的娛樂，也是他們生活的道德教育，指引他們判別所謂的是非曲直。在不同文化的民間故事之中，彷彿都有著貶低小聰明，表揚大智慧的傾向，但我總是搞不清楚：究竟，何謂小聰明，又何謂大智慧呢？

我有一個想法：故事中的小聰明往往指現實的、短視的知識，而大智慧就是超脫的、宏大的啟發。舉例，有一則故事是要在兩個農家女之中，找出最聰明的一位，於是審判官便問她們：什麼最肥？有錢農家女說，是煙肉，但貧窮農家女答，是大地；審判官又問：什麼最甜？有錢農家女答，是蜂蜜，貧窮農家女回答，是睡眠；審判官再問：什麼最白？她們的答案分別是牛奶和太陽；最後，審判官

問：什麼最高？她們各自答道，高塔與星星。

哪一個農家女最聰明呢？在故事中，當然是貧窮農家女。有錢農家女的答案，都是圍繞現實生活的小聰明，而貧窮農家女卻是答說了貼近宇宙與自然的大智慧。但，我不服氣！

大地是最肥的嗎？難道你沒有見過貧瘠的土地，而煙肉卻真的總是肥的（不肥的煙肉，就稱不上煙肉了）；又說，睡眠是最甜的嗎？難道你又沒有發過惡夢，而天然的蜂蜜卻是清甜；那麼，太陽比牛奶白嗎？顏色，是人類接收光線反射的結果，牛奶所呈現的是白色，這我倒肯定，但作為光的來源之太陽是白色的嗎？我只知道直視太陽會光得讓我分不到顏色；最後，星星比高塔高嗎？這更是轉移問題的答案，從高低的問題，轉到以地球中心為本的遠近問題，再談論下去，就是相對論的問題了。

走筆至此，我也只能夠說，我讀這故事而忿忿不平，要不就是我必須承認自己沒有達到大智慧的本事，要不就是這些故事的創作者，根本就是在耍小聰明。

50

睜大眼睛注意一些怪事

如果偵探小說中的罪犯都「是個富有創造性的藝術家，而偵探只是個批評者」，那麼，創作偵探小說的作家，彷彿就是一名富有創造性的批評者。以上的引文取自於1910年英國小說家卻斯特頓（G.K. Chesterton，1874-1936）發表的短篇作品《鑲藍寶石的十字架》，而這篇作品也是名偵探布朗神父的首次登場。

有別於像福爾摩斯一般威風凜凜的思考機器，布朗神父是一位小個子的羅馬天主教神父，「富有東部地區的憨厚氣質；他的面孔顯得又圓又笨，好像諾福克的湯圓；他的眼睛像北海一樣空虛。」除了樣貌，布朗神父的言行舉止也很滑稽，隨身帶著一把又大又舊的雨傘，卻又經常四處遺留，糊塗得連如何「使用往返車票中的回程票」也搞不清楚。然而，如此鮮明的形象，卻是卻斯特頓對當時偵探小

說風氣的富有創造性的批評。

《鑲藍寶石的十字架》本身是一篇短小精悍，富有趣味的故事，講述一名曾經令「一位檢察官頭下腳上地倒栽在地，而讓其頭腦清醒」的怪盜，如何假扮成神父，意圖謀取布朗神父十字架，卻又給布朗神父擺弄的故事。

然而，這短篇的玩味也在於作為卻斯特頓對偵探小說的看法，他借助故事中的角色，批判偵探不應該是「思考機器，因為這不過是現代宿命論和唯物論的膚淺說法」，他也批評查案不應該講求百分之一百的證明，而是講求可能性，「要麼我們跟隨這種微弱的可能性，要麼回家睡覺。」

因此，布朗神父查案不講究完美無瑕的推理，而是藉在怪事思考人性弱點，一步步收窄嫌疑犯，並且破案，也從此開創了以犯罪心理為破案敘事的偵探小說流派。

卻斯特頓打破了名偵探的定型，也顛覆了偵探小說讀書的閱讀習慣。在他的故事中，神父成了偵探，偵探成了罪犯，罪犯成了幫手。那麼，讀者呢？抱歉，讀者能夠做的，還「只是睜大眼睛注意一些怪事」，但，這就是閒散的樂趣。

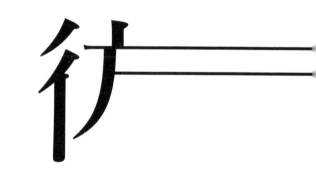

RAYMOND THORNTON CHANDLER PHIL
DE BALZAC HOMER ROLAND BARTHES FR
AÍSÔPOS **JEAN DE LA BRUYERE** EDOGAWA
MILLER HEMINGWAY LAWRENCE BLOCK
CHEKHOV O.HENRY MARK TWAIN BRET H
CHANDLER P   ANHOP ER
ROLAND BARTHES FRANCOIS RABELAIS A
Ingres **AÍSÔPOS** JEAN DE LA BRUYERE EDO
ERNEST MILLER HEMINGWAY **LAWRENCE**
ANTON CHEKHOV O.HENRY MARK TWAIN
THORNTON CHANDLER PH
BALZAC H   ND BARTHES FRAN
AÍSOPOS JEAN DE LA BRUYERE EDOGAWA
MILLER HEMIN   LOCK
CHEKHOV O.HENRY MARK TWAIN BRET H
CHANDLER PHILIP DORMER STANHOP ER
ROLAND BARTHES **FRANCOIS RABELAIS** A
BRUYERE EDOGAWA RANPO RAYMOND T
LAWRENCE BLOCK HONORÉ DE BALZAC F
MARK TWAIN BRET HARTE AÍSOPOS JEAN
DORMER STANHOP ERNEST MILLER HEM
FRANCOIS RABELAIS ANTON CHEKHOV O.
RANPO   ANDLE
HONORÉ DE BALZA   ROLAND BA
HARTE AÍSÓ   C
ERNEST MILLER HEMINGWAY LAWRENCE
ANTON CHEKHOV **O.HENRY** MARK TWAIN
THORNTON CHANDLER PHILIP DORMER S
BALZAC   D BARTHES FRANC
JEAN DE LA BRUYERE EDOGAWA RANPO R

後來

51

生命力，就在絕望與希望之間

「一旦死了，你身置何處，還有什麼關係嗎？管它是在一窪骯髒的水坑，還是在高山峰的一座大理石寶塔？你已經死了，你已經進入大眠，你再也不會被這種事情所打擾。對你而言，油與水，風與氣，都是一樣的東西。」

這樣讀來，這段話像出自某位哲人隨筆，但其實是來自一本被譽為冷硬派偵探小說的經典《大眠》。

《大眠》的作者是美國作家瑞蒙·錢德勒（Raymond Thornton Chandler，1888-1959）。錢德勒四十五歲才寫下他第一部小說，一生作品不多，但幾乎本本經典。一般評論錢德勒，都會說到他作為 1930 年代美國冷硬派偵探小說奠基者的角色。有別於以英國為中心的古典派（尤其「黃金時期」）偵探小說，美國冷硬派偵探小說沒有密室、

沒有謎語、也沒有隱世村莊，只有充滿暴力、謊言、慾望的都市街巷。

美國冷硬派偵探小說也有名偵探，但他們不是溫文儒雅的紳士，或單純以邏輯操作的理性機器。冷硬派偵探，如錢德勒筆下的菲力普·馬羅，是在腐敗世界裡生存，滿口髒話而靠破案餬口的都市人。馬羅有他的良知和操守，但他不完美，他也有感情用事的時候，有犯錯，甚至會有犯罪的時候，但正因如此，他更像一個有血有肉的人。

若以為錢德勒的貢獻只在於寫出了更寫實的偵探小說，這無疑是文學錯判。儘管美國冷硬派偵探小說因極度適合荷里活偵探動作片改編，以至於後來更為大眾普及，但讀錢德勒的書，真正的閱讀樂趣，實在不是那易於消化的情節，而是那要反覆細琢的文字，以及這些文字所帶出滿有細節與深度的景物、情感，以及人性。

錢德勒曾經被編輯要求刪掉拖慢情節的段落，但他反對說：「我努力要證明他們錯了。理由是，讀者以為他們只關心劇情，其實他們不知道自己——還有我——在意的是透過對話和描寫所呈現的情感。」在冷硬外表的偽裝下，錢德勒小說所收藏的是在對人性絕望與希望之間搖擺的動力，而這動力，或許就是處於亂世的人所必須的生命力。

52

刻薄，不會令你成為好父親

「記住我的話，機智不會給你帶來朋友。它就像黃昏的落日，光芒四射，刺眼炫目，而還是像黃昏的落日，很容易燃燒殆盡。」這不是出於歷險故事中智者對主角的勸告，而是來自一個父親給兒子的信。這父親，不只寫了一封信，而是寫了三十年，一共四百多封給兒子的信。

這位父親的名字是菲利普·斯坦霍普（Philip Dormer Stanhop，1694-1773），又稱切斯特菲爾德伯爵。斯坦霍普是十八世紀英國著名的外交家和演說家，他的文藝修養在當時備受讚嘆，但他留給後世最著名的經典，還是他的家書《給兒子的信》（1774）。斯坦霍普對兒子的叮囑可算巨細無遺，從人生道理，談到具體的舉止行為，如「不要用手指挖鼻孔」、「不要把帽子拿在手中把玩」等等。以今時今日的標準來說，斯坦霍普給兒子的訓話，夾雜

了不少作為父親的武斷與苛刻，例如他寫道：「有的人既具有善的感官，也具有善的本性，我相信你兼具兩者，但卻無法真正地培養善的德行」；又例如他對女性的歧視，「婦女只不過是更大一些的孩子，她們喜歡閒聊，時常還喜歡開玩笑，但對於堅定的理智和善的感官，我從未聽說有誰擁有過它」；還有他對藝術的輕蔑，「建築是常見的談資，我還希望你對繪畫和雕塑這兩種藝術有自由的判斷力……但要記住，它們只是生活中的一些閒情逸致，而不是事業。」

那麼，為什麼我們還要讀他的信呢？這些信的可讀性，對我而言，在於他故作冷靜的文字背後，藏著一個父親自責的情感。斯坦霍普寫信時，並沒有要將信公開出版的意圖。直至後來，他兒子的遺孀將信輯成書，以《給兒子的信：有關成為紳士的藝術》為題出版時，大家都將焦點放在斯坦霍普如何教兒子成為一個紳士的內容，但卻忘記了斯坦霍普寫信給兒子的真正原因。

斯坦霍普與兒子必須以書信溝通，是因為他們長期分隔兩地之故。如此，這些信也成為了一個自責的父親以圖補償之告白，當中的情是真摯而私密的，也同時提醒我們：關心，不一定需要苛刻。套用斯坦霍普的說話，若然「機智不會給你帶來朋友」，刻薄，也不會令你成為好父親。

53

哪怕只剩下一副骨架

「他放下桅桿，把帆仔細捲在上面捆好，然後吃力地扛著桅桿往山坡上的家走去。走著走著，他停下來回頭望去，只見微弱路燈的映照下，那條大魚的大尾巴正高高翹在這小船後面，黑黝黝的魚頭像隻龐然怪獸般趴在船邊，魚身那副赤裸裸的骨架正閃耀著點點磷光。」

這是海明威《老人與海》接近結尾的一幕：老人與大魚在海上大戰完畢，而大魚也被隨後出現的鯊魚吃得光光，最後只剩下一條大魚骨陪伴老人一同歸來。

回到岸上，老人精疲力竭，留下了大魚骨在海灘上，獨個兒回到自己的小屋去。此時，我們不禁想起來：明明白白的一個老人鬥大魚的故事，為什麼作者要以「老人與海」為題，而不是「老人與魚」呢？

有說，在這人與自然搏鬥的故事裡，魚與大海已連成一體，代表了自然。但這說法解釋不了為什麼不以「老人與魚」為題，而我的想法，正好相反：老人，是與那一條大魚連成一體，面對大海。

有說「老人」就是海明威的自我投射，而如果主角是作者的一種自我投射，要說海明威自認為「老人」，又實在有點叫人錯愕。幾乎每一次提到海明威，大家都會寫他不屈不撓的硬漢性格，一生經歷了多次意外和受傷，左眼嚴重受傷，造成終身視力障礙，人在炮火中身中二百三十餘塊炮彈的碎片，而在十三次手術，以及三個月休養後，海明威立即趕回戰場，卻又遭遇炮彈襲擊，炸碎了一個膝蓋。戰爭的傷害，有叫他氣餒嗎？後來，當西班牙內戰爆發，他又成為了醫療部救護車隊大隊長，從美國跑到戰地支援去了。

然而，在二戰後，海明威到了古巴生活，寫成了《老人與海》。或許，這時候的海明威，真的認老了，真的有退隱到海邊靜靜生活的意圖，又可能，他真的厭世了，討厭人間的惡，寧願對著大海，寫人與自然。但我想，這時的海明威更像那一條大魚，或許生命與鬥志都在不斷的戰鬥中消耗得所剩無幾，哪怕只剩下一副骨架，也是「閃耀著點點磷光」。

54

別鋪善意的地獄路

「討論的是：通往地獄之路布滿善心。心懷至善、正義的目標行事是不夠的，馬丁・范得堡說，因為伴隨崇高目的而來的行動如果不義、不善的話，目的本身的價值就大有問題。我沒注意聽他怎麼周延的解釋這點……我在想，目的正確手段錯誤，和目的錯誤手段正確，哪個比較糟呢？」這是偵探小說《父之罪》的經典一幕，也是有關「父之愛」的經典一問。

《父之罪》是勞倫斯・卜洛克（Lawrence Block，1938- ）於 1976 年，讓名偵探馬修・史卡德（Matthew Scudder）登場的第一部小說。故事講述一名離家出走的少女溫蒂死於家中，死狀恐怖，而作為同屋主的疑犯理查則在還押中自殺，警方斷定這案件就此塵埃落定，後來少女的養父請來私家偵探馬修・史卡德幫忙調查養女死前的生活。隨著

偵探馬修‧史卡德一步一步揭露死者的過去，以及她與養父的瓜葛，讀者終有一刻頓悟。這故事的核心問題：以父愛之名，就能為所欲為嗎？

當有人問「目的正確手段錯誤，和目的錯誤手段正確，哪個比較糟呢？」我想，大家都知道答案，就是：兩個都很糟。更糟的是，當有人以為自己目的正確，且手段正確之時，事實上，往往是目的與手段皆錯。勞倫斯‧卜洛克刻意將這問題，放到《父之罪》的故事中，言之有理：父權的愛，往往就是以這樣的一種邏輯運作。

在這個父權社會，父愛，有著堅固的武裝，不容置疑。當有人以父之名，以父之愛，彷彿就能夠為所欲為。《父之罪》說中了要害：當父親以愛之名，要「保護」他們的兒女，在絕大多數的情況下，並不是真的提供保護，而是以父愛之名，將兒女「修正」為社會所期待的樣子，並期待兒女因此不會受傷。

「難道我就沒有資格保護我的兒女嗎？難道我保護兒女也有錯嗎？我可不要鞋匠的兒子永遠光腳丫！」我知道，被質疑的父親，都會這樣回應。然而，就像《父之罪》引用海耶克的話，哪怕父親們所懷的真的是善意，「通往地獄的路往往是善意鋪成的」。

55

提防偽善

法國現實主義經典《高老頭》是巴爾扎克（Honoré de Balzac，1799-1850）於 1835 年所著的小說，收錄於他宏大的寫作計劃《人間喜劇》系列中《風俗研究》一部裡的《私人生活場景》章節。

《高老頭》透過講述一個住在平民公寓的老人「高老頭」，如何為了成全兩名嫁入豪門的女兒而散盡家財的故事。故事展現當時社會拜金主義與價值觀崩壞所造成的人間冷暖，而巴爾扎克借助法律學生拉斯蒂涅的視點，指控上流社會的假仁假義，也體驗了平民生活的窘況，而故事中最引人入勝的角色，還是那神秘的角色：伏脫冷。

伏脫冷跟高老頭與拉斯蒂涅一樣，住在平民公寓裡，他既友善又險惡，是被通緝的偽裝高手，卻不是偽君子，相

反，他算是一名誠懇的伙伴。巴爾扎克將伏脫冷安插在拉斯蒂涅身旁，嘗試在情節上教唆他謀財害命，但更重要的是，借伏脫冷的亦正亦邪，帶領不懂世情的拉斯蒂涅窺見上流社會的殘酷與敗壞。

事實上，巴爾扎克筆下的伏脫冷，參考了一個歷史上存在的真實人物，名叫維多克。維多克是一個傳奇，他曾經是一名罪犯，也是法國保安局的第一任局長，亦是歷史上第一間現代私人偵探社「情報事務所」的創辦人。在此，大家千萬不要混淆了這些身份的次序，維多克可是先做罪犯，再做保安局局長，最後才成為私家偵探的。

維多克一生牽涉的案件眾多，他曾經以警方密探的身份潛伏在犯罪集團之中，也有傳他以親身謀劃搶劫再自行破案以騙取獎金。在 1829 年，維多克的回憶錄出版，不但風行一時，還吸引了巴爾扎克的注意，後來他們成為了朋友，而巴爾扎克也將他寫成了伏脫冷。

在巴爾扎克的故事裡，伏脫冷的重要不但在於他如維多克一般的「一時一樣」，也在於這樣的多變角色，有力說出主題：充滿矛盾的善變，總比偽善而來的「統一」更可貴，正如伏脫冷被捕時的理直氣壯：「我反對社會向來的偽善，盧梭所說的偽善。我以身為他的信徒為榮。」

56

不能瞎了心眼

關於古希臘遊吟詩人荷馬（Homer，約前九世紀 - 前八世紀）的傳說多不勝數，有傳他生於小亞細亞，創作了史詩《伊利亞特》和《奧德賽》，有傳「他」不是一個人而是一班人，也有傳他是一個虛構的人物。無論如何，在眾多有關荷馬的描述、畫作、雕塑之中，他瞎眼失明的形象卻是十分鮮明。但，如果荷馬是一個虛構的人物，為什麼人們要塑造他為瞎子的形象呢？

在古時，失明或許是相當普遍的，例如在被譽為人類歷史上第一部醫學著作的《艾德溫・史密斯紙草文稿》（*Edwin Smith Papyrus*），便記錄了西元前 1600 年左右的埃及人已經有不同類型的眼疾與失明問題，手稿中還提到眼藥水的調製，以及相關的手術用具。而在神話中，瞎眼，別具意義。

在耳熟能詳的伊底帕斯故事裡，當伊底帕斯在不知情的情況下弒父娶母後，悲劇的命運驅使他要追查出真相，就在這時候，一位盲目先知來到伊底帕斯面前，但拒絕告訴他真相，或要「知道」什麼，只是自言自語：「啊喲！『知道』是件多麼可怕的事啊！」

當時邁向悲劇結局的伊底帕斯沒有參透到這個勸告，以至後來知道了真相，他終於明白「全部應驗！現在我的光明將變成黑暗，我遭天譴了。」最終，伊底帕斯站在他自殺了的妻子兼母親身旁，他沒有跟隨自殺，而是挖出了自己的眼珠，成為了瞎子。這時候，他真正體驗到瞎眼智者的預言。

「光明變成了黑暗」成為了伊底帕斯僅有的慰藉，就如瞎眼智者所意指的，看見（知道）其實很可怕，有時沒看見（不知道）反而比看見（知道）更幸福。然而，盲目不代表麻木，反之而言，往往是象徵著內心屬靈的眼睛，比肉體俗世的眼睛，看得更遠更光，知道得更深更多。

瞎眼的象徵，沿著文化，流傳下來，以至在《聖經》中，也廣泛以盲目作訓話，如耶穌治好了一名天生的瞎子後，便以瞎眼作喻，說法利賽人愛黑暗而不愛光。時至今日，醫學昌明，可惜，盲目的人少了，麻木的人還多。

57

記下完整的自己

「一部分的我在絕望中守候；而就在同時，另一個我，在心裡忙於整理那些是最無謂的小事。我覺得這是一種病。」羅蘭・巴特在 1977 年 10 月 31 日，寫下了這一則日記，記下了書寫日記的一種思考。

如果你也有寫日記習慣的話，想必也有這樣的情況：一個「我」跟「另一個我」對話。另一個我，很多時候都是很愛批判，很超然，每一次當我下筆，他就會走出來說「我」不夠誠懇，不夠坦白，說這個用字是掩飾，那個寫法是開脫，反正在另一個我的心目中，「我」永遠沒有辦法記下真實的我，「我」總是寫下雞毛蒜皮的事。

當然，「我」也不是泛泛之輩，不會遭受另一個我的放肆抨擊而不還口，於是「我」與「另一個我」後來站在講台

上對罵，據理力爭，生出了一個「旁觀者的我」。這樣的心理交戰，並不玄妙，就像榮格所說的一般，人都會有雙重人格，自己和別人相對熟悉的是「一號人格」，而不常見的則為「二號人格」，而日記，至少對我來說，正是一號與二號人格交談的文字記錄。

有時，每日所記，不是罪過，就是平庸。在文字上，自然與平庸分不得太清楚，尤其在日記上。反正對於我來說，日記是不會公開的，也不應公開，但偏偏公開了的日記，總是讓人愛不釋手，就如羅蘭‧巴特「的」《哀悼日記》。

「的」字的可圈可點，在於《哀悼日記》不是巴特定下的題目，更不是他意圖出版的內容。書內記錄的文字都出於他的手筆，真是他的一本「日記」。這三百三十張小紙片，寫於羅蘭‧巴特母親過世後的一段日子，從 1977 年 10 月寫到 1979 年 9 月左右，中間斷斷續續的寫，文字主要圍繞的還是他對母親的想念。

「今天──我的生日──我病了，卻不能、也不需要告訴她了。」這或許是我們讀來羅蘭‧巴特寫下最簡單、最直接、最自然有力的文字，同時，我在讀著「另一個巴特」。這是一種窺視，有好奇，也有罪咎。

58

留意感覺合適的時候

合適，是人類追求的一種理想狀態。在旅館時，最怕遇上比自己身高還要短的床，還有那不是太厚，就是太薄的枕頭；在商店，最怕遇上不是太短，就是太長的襯衫。

在成長中，我們努力爭取更多的資源，以得到更多的選擇，選擇讓自己感到合適的種種；在文明中，人類創造不同的發明，讓我們有更多的可能，得到更合適的生活。我們都會記得玻璃鞋的故事，那能夠穿進玻璃鞋而最合身的人，便能得到幸福。後來，我卻讀到另一個故事。

在古埃及，有一位重要的神祇叫歐西里斯（Osiris）。歐西里斯是九柱神之一，第三代神祇之首，努特與蓋布之長子，身為亡靈之主，也是農業之神，聰明而善良，且帶來了人類文明。歐西里斯教導人戒掉人食人的惡習、授予人

耕種的方法、制訂了人間的律法和公正、建立城邦、發明樂器。歐西里斯以和平的手段，讓人類脫離野蠻人的生活，建立了家園，成為了人們崇拜的主神，卻引起了弟弟賽特（Seth）的妒忌。

賽特是戰神，也是風暴、沙漠、混亂之神，天生粗暴，粗暴得在沒有足月時就撕破了母親的肚皮而生。在兄長歐西里斯走遍各地傳授文明回來之時，賽特在洗塵的宴會上帶來了一座豪華的木箱，並稱要送給「躺進去最合身的人」。

歐西里斯不虞有詐，躺進了這個尺寸與祂完全吻合的木箱。此時，賽特的七十二個部下立即群起蓋上木箱，並且以鉛密封了這個歐西里斯的「棺木」，並將之丟到尼羅河，要淹死這位受人敬仰的歐西里斯。

神話的獨特，就像歐西里斯安在的「兩面真相之廳」，往往藏有一體兩面的道理。當歐西里斯以智慧與文明帶來人民更合適的生活，卻在祂感到最合適、合身的時候，遇上了最大的危機。居安思危是老話，但又全不過時；而不過時，又因為我們總是重複犯錯。

59

你想做什麼，就去做什麼

在文藝復興時期，著名的《巨人傳》（*Gargantua et Pantagruel*），以父子兩代巨人高康大（Gargantua）與龐大古埃（Pantagruel）的故事，諷刺社會上的一眾「小人」，如教會人士、貴族、偽君子等等，提倡反教會、反封建的精神。

《巨人傳》一共有五部書，真實的寫作順序應該是先有第二部，才有第一部，後來再以作者真名拉伯雷（Francois Rabelais，約 1493-1553）發表的第三、第四部，以及作者去世後發行的第五部（第五部又因為其文體與前四部有明顯分別，所以有不少人懷疑這是假託作者之名的偽作）。

《巨人傳》五部書，大量穿插了民間傳奇、中世紀騎士文學，其中的第四部，拉伯雷寫得刺激緊張，不僅貫徹其

餘各部的諷刺幽默筆風，還以龐大古埃與友人出海的故事，講述了一次反思人性、品格，以至人文精神的冒險旅程。在整個航海旅程中，他們到了訴訟島、教皇島、老人島等等，見了很多的人，藉著很多的新奇見聞，揭露人性的脆弱，也說明了人性價值的核心：信念。

在茫茫大海中，航海的知識能夠讓人找到方向，但路線呢？在人生裡，人又靠著什麼而找到方向與路線呢？在《巨人傳》中，龐大古埃一個島接著一個島的尋訪，最終也是沒有尋得見他們想要找到的「神諭」。如果我們相信第五部是後人畫蛇添足之作（而我也傾向這想法），那麼第四部的這個結局，就是拉伯雷想留給讀者的結語：如果人生不過是一次尋不見結果的旅程，我們憑著什麼完成這次旅程呢？

拉伯雷的《巨人傳》告訴我們，人生無常就是這個旅程的本質，因此沒有任何人有資格、有權威去告訴你前路是對或錯，而到最後，也沒有人有能耐、有把柄去判斷你旅程的成果。《巨人傳》留下了一句簡單明瞭的名言：「你想做什麼，就去做什麼。」只要你善良的心真心相信什麼，你做什麼，什麼就是成果。

60

讓善良帶路

生活充滿未知與困難，我們不免會有委屈、氣餒，以至憤怒的時候：為什麼我跟他一樣努力工作，卻得不到他的際遇？為什麼那個偽善者受人歡迎，但我擇善固執，卻沒有得到別人的認同？每次友人問起我這樣的問題，我都靜靜地細心聽，同時，想起一個神秘劇。

神秘劇（miracle plays）始於中世紀的歐洲，並於十六世紀初沒落。神秘劇是一種街頭劇，內容以《聖經》故事為基礎，為當時不會認字的普羅大眾提供富有教育意味的娛樂。在英國，有一個關於牧羊人的神秘劇，尤其受歡迎。

第一個登場的是憤怒的牧羊人，他在嚴寒的冬天工作，一邊抱怨天氣，一邊責罵高床暖枕的富人，控訴「在鄉紳面前，我們不得不膝曲腰彎，因他們的雙手榨乾了我們最後

一滴財富」。當心有同感的觀眾，以為緊接的情節會是富人的種種惡行，意料不到的卻是另一名引人發笑的牧羊人登場。

第二個牧羊人叫麥克。儘管第一個牧羊人譴責富人的不是，但在劇中，真正的罪行卻是麥克所犯的，他偷了其他三位牧羊人在寒風中徹夜看守的小羔羊。麥克偷了羊，帶著小羊回家，將羊藏在嬰兒床上，並扮成一個剛出生的嬰兒。後來，三位牧羊人來到麥克家中，慶祝麥克有了「新生命」，緊接就是一連串錯摸喧鬧的喜劇情節，讓觀眾大笑一場。

故事接近尾聲，三位牧羊人要給「新生命」送上一塊銀幣好作祝賀，終於發現那是他們丟失了的羊，牧羊人因此將麥克裝到袋子裡痛打一場，又換來觀眾的一場大笑。最後，故事以天使降臨，麥克知錯悔改，牧羊人學會寬恕而落幕。

或許會有人質疑這樣的劇目，轉移視線，不過是為了宣洩受壓者的憤怒，但我又想，以送上象徵「最後一滴財富」的銀幣，尋回丟失了的財富的情節，是不能忽視的。在困難中，我們可以憤怒，可以批判，卻不要忘記只有繼續善良，我們才能尋回新生命的羊。

61

名望，只是一塊鮮豔的補丁

俗語說：「人怕出名豬怕壯」，我想，這應該只是出名的人才有煩惱。對於不少文人墨客，既然賣字不是（也不能）賺大錢，有時只求有名，好讓多一點人能夠讀到自己的文章，也是人之常情。於是，「名望」成為了不少作者思考的問題，也成為了不少作品的主題。

俄國小說家契訶夫，便名正言順寫了一個短篇〈如此名望〉，問道：「從字眼上看，我們到底應該如何了解『名望』或『聲譽』兩字？……普希金曾經做過這樣的比喻，他說：『名望酷似舊破袍上一塊鮮豔的補丁』。」

〈如此名望〉是一位工程師與火車上鄰座乘客的一場對話。工程師跟這位素未謀面的乘客，講述自己年輕時如何費盡心機求取名望，從發表論文、四處演講，以至建造舉

世矚目的大橋。「可是結果呢？」工程師說：「你看得清清楚楚，我已經是一位坐以待斃的老人，我和那隻正要跑過車軌的黑狗一樣寂寞無聞。」

大家都關注那座大橋，卻沒有人要知道建造者是誰。後來，大家甚至關注他身邊的歌女，而沒有人要理會他得了一個難得的工程師首獎。工程師抱怨說：「在所謂的知識分子當中有多少人知道俄國畫家、雕刻家與作家？⋯⋯跟這些正好相反，我可以舉出成千上百個無足輕重的歌星、小丑和雜技演員，連三歲小童都知道他們的大名。」

你以為關心社會小人物的契訶夫，居然寫成了一篇貶低「歌星、小丑和雜技演員」的自怨自艾之作嗎？當然不會，契訶夫可是絕少令讀者失望的作家。

故事尾聲，一直靜聽工程師喋喋不休的鄰座旅客，終於開聲說：「你可知道普希可夫的名字？」工程師表示沒有，而這位旅客續說：在下正是，「三十五年來在一所全俄國久享大名的大學任教，又是科學院院士⋯⋯」兩人相顧無言，「然後彼此爆出一陣又長又響的笑聲」。

名望是什麼？是「鮮豔的」，卻也不過是一塊「補丁」，更是可以如此的一笑置之。

62

對自己的過去誠實

巴士站，是一個充滿期待的地方。在巴士站，我們除了期待心目中的巴士到站，有時，也期待心目中的人到站。在按著時間表運轉的城市中，我們都會在巴士站碰上既陌生又熟悉的面孔，每一個早上，在同一個時間，一起等待不同車號的巴士，然後想像有一天，有一個可以打開話匣子的機會從天而降……

我相信，這不會只是我的幻想，因為其他作者也寫過不少類似的處境、類似的故事，其中有一則發生在二十世紀初的紐約街上：那時，「黃昏時分剛降臨」，一位女士帶著「那張散發出恬靜氣質和不自覺美麗的臉」一邊讀書，一邊等著她的車子來臨，而她，吸引了男主角的注意，「前一天她也是這個時間來的，再前一天也是。」

男主角與那一位女士開始交談，言談間，女士表露自己的貴族身份，以及她對上流社會的厭倦。女士溫文爾雅，忍受不了男主角的草根舉措，以及總是環繞生活瑣事的問題，她更關心：「在這些路上來來往往、推推擠擠的人。他們往何處去？為什麼這麼匆忙？他們快樂嗎？」

後來，男主角向這位脫俗的女士問道：「你說，你說不定會愛上低階層的男人，這話是認真的嗎？」女士答道：「當然是認真的。不過我說的是『有可能』。」然而，這「有可能」在男主角表示自己是餐廳收銀員的一刻幻滅，而女主角也隨即道別。

這是美國小說家歐亨利的故事，當然，也有「歐亨利式的結局」：出人意表。最後，讀者才知道男主角其實是上流人士，而那名女士卻才真的是一名侍應。這故事諷刺，而我讀來惋惜：若那一名女士能夠對自己的過去誠實，這一對難得遇上的男女，或許會有一個更美好的結局。

不過，更諷刺的是，這個關於「誠實面對自己過去」的故事，竟然是出自於歐亨利的手筆，而他，可是花了半輩子的力氣，去隱瞞自己來紐約前因為盜用公款而流亡與坐牢的過去。

63

小心開玩笑

對於很多人來說，理解幽默的第一步，是要研究它的本質
與結構，即是什麼是笑的根源，以及如何能夠引發笑點這
兩條問題。然而，悲觀的我研習幽默，問的第一條問題
是：玩笑，有沒有界線的呢？

以笑話聞名於世的幽默大師馬克‧吐溫（Mark Twain，
1835-1910）與鄉土小說作家布萊德‧哈特（Bret Harte，
1836-1902）的一段往事，不但成為美國文壇的一段傳
奇，也是我明白玩笑的界線之一個注釋。

哈特與吐溫曾經是惺惺相惜的一對好友。哈特比吐溫更早
出道，更早成名，一眼看出吐溫「無法仿效」的特質，誇
獎吐溫是「從西邊地平線冒起的文壇新星」，並邀請初出
茅廬的吐溫為他編輯的期刊每星期供稿。

另一邊廂，吐溫也敬重這位亦師亦友的前輩（他們年紀相差只有一歲），曾經感謝哈特「相當耐心地調整我、訓練我、教育我、把我從原先只會笨拙地吐出一些粗鄙的鄉野軼事，改變了成為一個能夠以段落跟章節撰寫的作家。」

可惜，一對曾經彼此欣賞的好友，到了晚年，卻落得老死不相往來的結局。有說，他們的反目源於他們一起寫作劇本《阿辛》所產生的矛盾，說哈特的浪漫與吐溫的寫實不僅在劇本上分裂，也分裂了他們，我想，這說法太文藝，也太浪漫；又有說，哈特與吐溫的反目，源於金錢瓜葛，是哈特借了吐溫的錢而不還，我又想，這個說法太現實。

後來，我讀到了一個記錄，說吐溫與哈特的交惡，原來，來自於日常的交往。當時，吐溫娶了千金小姐為妻，生活與階級隨即提升，搬進了一棟豪宅，而哈特也常常來作客，卻以如同吐溫取笑中產階級品味與消費主義的口吻，取笑吐溫的品味與消費主義。

玩笑的界線，清楚如此，就在你的過分與他的小器之間，而發笑的可能，也清楚如此，就在他的過分與你的小器之距。說來容易，卻連哈特與吐溫也拿捏不準（吐溫說笑不得體而出了大糗，一生不計其數）。所以，我還是回到被窩，繼續學習自嘲好了。

64

外遇，沒有不苦澀的

在網絡世界有一句配有截圖的潮語，出自日本動畫《機動戰士 Z 高達》第三十六集中主角阿寶的一句說話：「人類總要重複同樣的錯誤。」後來，這句話成為了網絡世界的潮語，每當網民評論一些他們認為因事主愚蠢而致的事件時，總喜歡貼出此圖，諷刺事主沒有汲取經驗，重複同樣的錯誤，例如外遇。

隨著年齡增長，我發現在好友聚會時談及「外遇」的次數也越來越多。記得有一次，一班讀書人的聚會，飲飽食醉以後談到外遇這事，正當氣氛漸濃之際，友人 A 提到了契訶夫的一篇小說〈帶小狗的女人〉，他認為，關於外遇的心理，可以說的都給契訶夫寫出來了。

友人 A 的說法不假，尤其當契訶夫寫主角何以重重複複

惹上外遇的麻煩：「多次的經驗，確實沉痛的經驗，早已教導他說：跟正派女人相好……起初倒能夠給生活添一點愉快的變化，顯得是輕鬆可愛的生活波折，過後卻不可避免地演變成為非常複雜的大問題，最後情況就變得令人難以忍受了。」

那麼，為什麼主角總要重複同樣的錯誤呢？因為「每一次他新遇見一個有趣味的女人，這種經驗不知怎的總是從他的記憶裡消失。」有關外遇從甜蜜到苦澀的必然過程，大家都像契訶夫筆下的主角一般心知肚明，卻也像他一般的重複犯錯，而不時造成不幸事件，又惹來了旁人的譏笑，笑說「人類總要重複同樣的錯誤」。

然而，我又想，當一件「事」給普遍定性為錯誤，而人類作為一個集體竟然持續地繞過理性而做這一件「事」，當中必然涉及到人類無法抗拒的理由。當一件「事」重複在我們的文明出現，相對於反射神經一般的諷刺、批評，或許我們更要多一點理解。

友人 A 說得有理，要理解外遇，〈帶小狗的女人〉是一篇不能錯過的故事，但我不能夠理解的是友人 A 為何要在一個朋友聚會中，當大家快要談到自己的具體經歷時，大煞風景的談起文學經典來呢？實在沒有道理。

65

相信真理，相信想像

有一天，一頭於河間運貨的驢，背著鹽過河，一不小心跌倒，鹽在河裡化掉了不少，驢再站起來的時候，感覺背著的鹽比以前輕了許多，牠非常高興。隔天，驢又要背貨上路，以為跌倒後再站起來，貨物又會變輕，於是故意滑了一跤，豈知道這次運的是海綿，海綿吸了很多水，壓下了驢，驢當場淹死了。

以動物說故事，以故事說人性，這就是《伊索寓言》的典型例子，而當中的寓意，總是可以再三思量，有人說這寓言說人會因貪利而不知不覺遇上不幸，又有人說這是有關偷懶的危險，而我又讀成關於一個人不求甚解的惡果。無論是怎樣的詮釋，這也無阻寓言啟發對人性的思考，而伊索（Aísôpos，約前七世紀 - 前六世紀），其本人就是一個充滿寓意的故事。

有關伊索的生平，正史沒有多少記載，但綜合不同版本的伊索傳記，我們大概知道：伊索是一名奴隸，樣子長得醜陋；他的出生地眾說紛紜，但他第一個服侍的主人是雅典人，伊索因此熟悉希臘語，也學會了一點哲學；後來，伊索到了薩摩斯島，成為了哲學家山特斯的奴隸，而伊索終於以智慧獲得了主人的尊重，哲學家最後解放了伊索，伊索不再是奴隸，成為了自由。

從一個醜陋的奴隸，到以智慧服侍哲學家，又得到更大的智慧，而從哲學家中解放成為一名說故事的自由人，伊索的這一段人生，我想，根本就是伊索寓言的第一個故事，就像古羅馬作家奧盧斯·格利烏斯說：「伊索不是像哲學家那樣嚴厲和斷言地建議或說服人們應該怎麼做事，而是通過想像的、曲折的和可供消遣的寓言故事，讓人們不知不覺中樂意地接受好的和有益的意見。」

這又讓人想起伊索寓言裡「北風和太陽」的故事，北風越使勁地吹風，旅人就越使勁的抓緊大衣，相反，太陽慢慢發出熱力，旅人反而自發地脫下了大衣。有人說，太陽就這樣勝過了北風，但我想，在一個要尋找智慧的時代，我們有太陽，又有北風，有堅定的真理，又有溫柔的想像，才是好天氣。

66

記得要談話、閱讀、休息

「人類已經存在和思考了七千年，所有充滿智慧的說話都已經被前人說盡。從這個意義上說，我們都出生得太遲了。」這是十七世紀法國作家尚・德・拉布魯耶（Jean de La Bruyere，1645-1696）的一席話。

然而，拉布魯耶還是出生得比我們早，於是他還是說了不少充滿智慧的話，後來結集成書，於 1688 年出版名作《品格論》。《品格論》一書令拉布魯耶樹敵很多，卻又留名於世，它既是一本描繪當時法國宮廷男女的素描集，又是一本集人生教誨、哲理思考與生活法則之作，當中布滿名言金句，例如談到男人的品格，他便寫道：「很多人都渴望給懶惰安上一個好名聲，希望沉思、談話、閱讀和休息可以被稱作是在工作。」

拉布魯耶之言，當然有其歷史脈絡，我懷疑，甚至是針對某人的一次批判，但事隔多年，暫且從字面理解的話，就是說，在工作與懶惰的二元對立之中，「沉思、談話、閱讀、休息」都無可質疑地屬於後者。

「沉思、談話、閱讀、休息」不可能是工作，我想，這想法放於當下的工作環境，實在妙極：沉思，當然不可能是工作，因為工作已經成為了講求效率的生產線環節；談話，也當然不可能是工作，因為工作已經成為了執行上司指令的反射式程序；閱讀和休息，更加不可能是工作，因為它們都是工作以外的奢侈品，而且兩者往往是有你無我，二擇其一的死敵。

沒有沉思、談話、閱讀、休息的人生，還可否稱得上人生嗎？如果有智慧的人，真的如拉布魯耶所說，認為沉思、談話、閱讀、休息就是懶惰的話，那麼，懶惰實在不用沾上「在工作」的好名聲了，因為懶惰，根本就比工作重要，懶惰本身就當有更好的名聲。

當然，這可能只是我扭曲了拉布魯耶的話，但我也沒有想為我的扭曲安上一個好名聲的意圖。我只是想，我反而慶幸自己「出生得太遲」，於是有前人留下的話，可以讓我閱讀、沉思，好作對話，好作休息。

67

至少，我們還有夢

「你的小說，是你本人的故事嗎？」在不少讀書會上，我都碰到這樣的問題。讀者將主角的性格、形象，與我、與作者本人一一對比，彷彿我的小說是一本非虛構性自傳一般。與其說這是一種錯讀，我視之為恭維，而我對於在創作中虛構與非虛構的不可分割之理解，來自於日本作家江戶川亂步（Edogawa Ranpo，1894-1965）。

在 1923 年，江戶川亂步發表了被譽為第一本日本推理小說的《兩分銅幣》，並在 1925 年寫成《D 坡殺人事件》，創造了日本偵探小說的第一名名偵探明智小五郎。據說，江戶川亂步之筆名「Edogawa Ranpo」，取自美國作家艾德格‧愛倫‧坡（Edgar Allan Poe，1809-1849）的諧音，的確，他小說的怪異風格，跟愛倫‧坡一脈相承。

現在讀江戶川亂步的小說，不免會覺得故事不夠曲折，所謂的情色變態不外如是，且結構單一，推理詭計簡單。然而，作為日本推理／偵探小說之濫觴，江戶川亂步小說的當今可讀性，在於其現實與想像、壓抑與慾望之間的互涉，例如我喜愛的一則短篇〈人間椅子〉。〈人間椅子〉寫一位女作家，收到書迷的奇怪來信。書迷告訴作家，他如何從一名椅子工匠，慢慢成為了一個住在椅子裡的人。後來，他的來信開始仔細描繪出作家的生活，甚至作家的體態，以至最後，他告解自己就住在作家的椅子之中，令到作家既羞澀又恐懼。但，故事的結尾，是書迷最後的一封信，說以前來信所寫的其實都是小說，他問作家：「老師或已閱覽完畢，不知心得如何？」

以上是小說的世界，回到現實，我讀到江戶川亂步的一則往事：原來，在他當上小說家前，曾經嘗試過二十多種職業，但都提不起他的興趣。有一陣子，他長期待在宿舍裡，當宿舍的同住人以為他去了上班的時候，其實他就躲在壁櫃裡，躲上一整天，當時的他生活在幻想之中。

他，不就是人間椅子裡的工匠嗎？江戶川亂步說：「現世是夢，夜裡的夢才是真實」，而在日夢與夜夢之間，又何來虛構與真實之分呢？當現實荒謬得像一場夢，我們不妨也讓自己有意識的活在當下的夢。至少，我們還有夢。

GILBERT WHITE THOMAS PAINE PHILIP R
JOHANN PETER ECKERMANN LEO TOLST
MIGUEL DE CERVANTES GILBERT WHITE
WOLFGANG VON GOETHE JOHANN PETE
BRÜDER   DE CER
WILLIAM COLLINS JOHANN WOLFGANG
OSCAR WILDE DANTE ALIGHIERI BRÜDER
PHILIP ROTH EDGAR ALLAN POE WILLIAM
TOLSTOY CONAN DOYLE OSCAR WILDE I
WHIT
PETER ECKERMANN LEO TOLSTOY CONA
CERVANTES GILBERT WHITE THOMAS PA
VON GOETHE JOHANN PETER ECKERMAN
GRIMM HOMER MIGUEL DE CERVANTES
COLLINS JOHANN WOLFGANG VON GOET
DANTE ALIGHIERI BRÜ
ALLAN POE WILLIAM COLLINS JOH
DOYLE OSCAR WILDE DANTE ALIGHIERI E
PHILIP ROTH EDG
TOLSTOY CONA   CAR WILDE D
WHITE THOMAS PAINE PHILIP ROTH EDG
PETER ECKERMANN LEO TOLSTOY CONA
CERVANTES GILBERT WHITE THOMAS PAI
VON GOETHE JOHANN PETER ECKERMAN
GRIMM HOMER MIGUEL DE CERVANTES
COLLIN   GANG VON GOET
DANTE ALIGHIERI
ALLAN POE WILLIAM COLLINS JOHANN W
DOYLE OSCAR WILDE DANTE ALIGHIERI B
PHILIP ROTH EDGAR ALLAN POE WILLIAM

成為

68 ———————————— 80

chapter 6

記錄一下自然

說到素描，大家可能都會想起一支鉛筆、一本畫簿，然後想像繪畫者在紙上，勾畫出現前的景象，從三維到二維，又巧妙地在二維中呈現三維，一筆一劃，從雛形到具象，幻想整個素描的過程就有治癒心靈的能力。而我，特別喜歡看素描的草稿，看似簡單幾筆，卻又絕不簡單的畫出事物的印象與精粹。有些文字，也像素描，也有這樣的效果。

在博物學的歷史中，曾經出現了一位重要的英國自然主義牧師（parson-naturalist），名叫懷特（Gilbert White，1720-1793）。懷特畢業於牛津大學奧里爾學院，於1789年發表了著名的《塞耳彭自然史與民俗紀事》。事實上，這本書是懷特與另外兩位自然學家朋友的書信結集。在這些通信中，懷特寫下了家鄉塞耳彭鄉村的生態民族誌，成

為了影響十九世紀自然科學書寫的經典，也啟發了達爾文的自然史研究。

當中，懷特對於鳥類的描寫，就像一幅文字的素描。他寫道：「你想讓我給你寫些新近觀察到的現象，我便冒昧地發表以下的見解：烏鴉一年到頭都是成雙成對活動。有時，家燕會在飛翔的時候沖進水裡清洗自己。雨燕一般在家燕之後十至十二天出現。冬天，鶺鴒一直都會和我們在一起……除了冬天，知更鳥始終在叫。」

懷特的自然書寫，儘管沒有當代自然科學研究記錄的嚴謹，但他的文字卻生動地記下了前工業革命時期的英國風光，成為了日後田園鄉愁的文學參考，兼具文學與科學價值。

我又想，若我要勉強模仿懷特的文字素描，記下這個城市的鳥，大概會寫成這樣：「白鴿都是一群一群的出沒，有灰有白，但都是肥肥白白，牠們弄得遍地鴿糞，而且看慣了路上的車，不遵守交通規則，卻又不閃不避的過馬路。麻雀，也是肥肥大大，沒有人餵養，但從不愁吃。麻鷹，有時還有一兩隻在天空盤旋，而牠們其實是鳶。雞、鴨、鵝，只會在快餐店與燒味店見到，而且都沒有頭。鳥類最豐富的地方，有雀仔街，同主題公園」。

69

徹底就是王道

童年的事，我沒有記得特別清楚，但看過的一段兒童電視節目故事劇場，卻成為了我僅有的兒時回憶。故事是這樣的：有一位年老的母親與兒子相依為命，有一日母親因事要遠行數天，但她擔心天性懶惰的兒子，連飯也懶得煮而白白餓死，於是便準備了足夠的光酥餅給兒子。但她又想，懶惰的兒子可能懶得不願下床去拿餅吃，於是用繩串起了光酥餅掛在兒子的脖子上。最後，母親遠行回來，兒子還是在床上餓死了，因為他只吃光了眼前的餅，懶得轉動繩子吃其他的餅。

後來，我發現了這故事有一個日本版，流傳於長野縣下伊那郡。話說，有一名懶人，脖子掛著一串飯糰（不知道是否他母親綁的），兩手空空的走在路上。他肚餓了，卻懶得動手取下飯糰來吃，心裡盤算要找街上的人幫忙。這

時，他遇見了一個載著斗笠，張著大嘴巴的人，便拜託他出手幫忙，那張著大嘴巴的人說：「我剛好也在找人幫我一把呢！我斗笠的繩子剛剛鬆了，好煩惱，我也懶得動手重新綁過，於是便如此張著嘴巴，以防斗笠掉下來。」

這兩個故事的隱喻，實在不用冗言，但它們還是沒有《格林童話》裡〈三個懶人〉的故事更發人深省。話說，國王有三個兒子，他三個都喜歡，所以遲遲沒有想到誰是繼承人，直至臨終前，國王將三個兒子叫到床邊，說：「你們聽好，等我死後，我打算把王位傳給你們當中最懶惰的人。」

大王子說：「當我躺在床上準備入睡時，即便剛巧看到水滴快滴到眼睛，我也懶得把眼睛閉上。」二王子說：「父王，當我坐著烤火時，就算燙傷到腳跟，我也懶得把腳縮回來。」最後，三王子說：「說起懶惰的程度，當我即將被吊死，眼看繩索已套上脖子，這時即便有人給我一把小刀，我也懶得把手舉起割斷繩子，寧願就這樣被吊死。」

國王聽完三王子的話後，便說：「你懶得最徹底，我就把王位傳給你吧！」

70

相信，但不迷信

「當我們無法知道撒下的種子為何會開花結果，植物界在
我們眼裡也就顯得非常神秘。」這是「美利堅合眾國」的
命名人湯瑪斯 ‧ 潘恩（Thomas Paine，1737-1809）對「神
秘」所下的說法。你以為他指神秘只不過是無知的結果？
其實，他是說：自然是神。

潘恩的名著除了《常識》，還有引文所在的《理性時代》。
在《理性時代》，潘恩沿著理性與自由思考的原則，陳
述他對基督教會的批評，以及對自然神論的主張，而當
中，他對神秘經驗的理解，更是值得細味的經典。

潘恩認為，「神秘、奇蹟、預言」其實是針對過去、現
在、未來為內容的騙人行為，而有人以此作為宗教與信仰
的基礎，實在令他匪夷所思。他寫道：「既然所信仰的神

是代表真理與道德的神，而不是代表神秘的神，那麼神秘與道德、真理就是對立的兩方面。實際上人所提出的所謂真理是已經被歪曲過的，他們已經將真理變得意義不明。」當他談到「奇蹟」時，又說：「其一，如果還要依靠奇蹟來欺騙人們的信仰，那教義中必然存在缺憾，其二，奇蹟帶有模糊性……要依靠那些所謂能看見奇蹟的發現者，因此，這無疑將神貶低成了一個靠變戲法來賺取人們信任和關注的雜耍家。」

從以上的引文，我們不難發現潘恩對宗教信仰的批判，充滿濃厚的諷刺，筆鋒犀利，不留餘地。因此，《理性時代》令潘恩成為了「不受宗教人士歡迎的人物」（而當時大多數美國人都屬於宗教人士）。據說，這也是這位如此舉足輕重的人物之葬禮只有六個人出席的原因。

然而，我們重讀、細讀經典之必要，就在於可以繞過當時的文化和社會脈絡，而得到更「合時」的理解。今時今日，再讀《理性時代》，儘管潘恩的自然神論不變，但他對依賴「神秘、奇蹟、預言」作為信仰基礎的批評，其實是值得有信仰者的反省，而我們更不能忽視：畢竟，自然神也是神，潘恩不是不信神，他不信的只是「那些在信仰之上強加的多餘東西」。

71

不要隨便認老

當代美國小說家菲利普・羅斯（Philip Roth，1933-2018）五十多年的創作生涯，創作超過三十本小說，一生獲獎無數，近年更成為諾貝爾文學獎的大熱候選人。當 2018 年於新聞讀到羅斯離世的消息時，我想起他一本關於死亡與年老的書——《垂死的肉身》。

《垂死的肉身》算是羅斯的晚期作品，出版於 2001 年，也是他的其中一部名作《乳房》（1972）的第三部曲，講述已經年老的「慾望教授」，戀上比自己年輕三十歲的學生的親密故事。師生戀的故事縱然聽來老套，但《垂死的肉身》的深刻，在於描寫教授對自己自 1960 年代性解放培育而來的價值觀之堅持與糾結。老教授與女學生愛得轟烈。大膽的愛，卻沒有令到老教授大膽的承認這一段關係，以及這一段關係的責任。後來，女學生選擇結束與老

教授的關係，她從來沒有介意教授肉體的年老，只是受不了他靈魂的輕浮。

故事接近尾聲，女學生再一次出現在老教授面前。今非昔比，女學生變得憔悴。原來，她患上了乳癌，將要做手術割去教授曾經溺愛的乳房。他們共處了一夜，在夜裡，女學生靠在冰冷的沙發，對老教授輕輕的說：「這一刻，我覺得自己比你老。」

回到現實，我想：大概不會有人說菲利普．羅斯英年早逝吧！但，究竟多少歲才是英年，多少歲才是早逝呢？

我有一個愚蠢的問題：為什麼人的年齡都是由出生開始計算呢？我的意思是，若人的年齡是以人的死亡倒數作準的話，這會否令人重新理解年老的意義呢？假設有一個二十多歲的孩子，但他只有一年多的餘生，另外有一個活了七十多年的大人，但還有二十多年的生命，哪一個比較老呢？

對一般人來說，老，是當下與出生的距離，但我想，老，是人與死亡意識的距離。死亡，是世界上最肯定會發生，又最不肯定會怎樣發生的事，沒有人知道何時何地何故而死，但正因如此，也就沒有人有資格說自己老了，更沒有人可以恃老賣老。

72

提防好好先生

廣東話說「爆響口」，意思是漏了風聲，或泄露了什麼秘密。「爆響口」這三字的精緻，在於守密者的嘴巴本應密不透風，但不知何故，嘴巴突然像爆竹一般，響個不停，將秘密一連串的爆出來。

「爆響口」是推理小說的經典套路，也是我讀得最不耐煩的。在西方推理小說歷史上，「爆響口」詭計的始作俑者不是他人，正是推理小說鼻祖愛倫・坡。大家都知道愛倫・坡奠定了不少推理詭計類型，如〈莫爾格街兇殺案〉的密室殺人，以及〈金甲蟲〉的密碼解謎，都成為了日後推理小說的模範，只是我們不太會提起連「爆響口」詭計也是出自他手筆。

在 1844 年，愛倫・坡發表了短篇〈汝即真兇〉（Thou Art

the Man）。小說以第一人稱敘事，講述一名富翁夏特伍斯的失蹤事件。故事簡單直接，哪怕是第一次讀推理小說的讀者，也會確定犯罪動機必然是謀財害命，而疑兇也必然只有兩個人（因為只有他們兩人有名字）：一個是有財產繼承權的侄兒班尼費特，另一個是受村民愛戴「而且有基督徒良善」的受害富翁好友查理·郝仁。

如此開局，讀者心知肚明誰是兇手。故事發展的線索，也都指向侄兒班尼費特就是兇手，而查理·郝仁則一直在旁為班尼費特「熱烈而有力的生動辯護」，卻越辯越糟，讓人更加確定班尼費特就是兇手。班尼費特行刑在即，敘事者「我」終於出手。原來「我」一直都在查理·郝仁的左右，知道來龍去脈，於是「我」在郝仁的派對上，送來了一箱他心愛的酒，郝仁與賓友興高采烈來開箱，箱子頂蓋一下子彈了開去，同時，被謀害富翁血肉模糊的屍體，從箱子裡坐了起來，瞪著郝仁說「汝即真兇！」

最終，查理·郝仁嚇得半死，於是自己「爆響口」，一五一十的說出實情。在此，不得不提，郝仁的英文原名是「Goodfellow」，意譯「好好先生」。名正言順，愛倫·坡除了首創「爆響口」詭計，還在同一篇文章，訂下了「好好先生就是兇手」的傳統，語帶雙關而名正言順。

73

不要擔憂閱讀的未來

維多利亞時代英國作家威廉‧柯林斯（William Collins，1824-1889），曾經在一篇文章中討論 1850 年代的讀書風氣，他寫道：「從文學作品的角度而言，很難說他們已經開始閱讀⋯⋯英國小說的未來，或許就掌握在這群『未知的大眾』手裡，他們正等待著有人告訴他們如何分辨一本書的好壞。」

每一個時代，都總會有作者擔心閱讀的未來。所謂「閱讀的未來」，也包括作者自己的著作之未來。就在柯林斯寫下了以上對小說未來之擔憂的兩年後，他寫成了廣受歡迎的《白衣女人》（1860），之後作品相繼出版，十年後有了他的另一個代表作《月光石》（1868）。顯然，柯林斯找到了他所說的那一群「未知的大眾」。

每一個時代的作者，對於當下閱讀風氣的擔憂，都是有理由的，同時，他們都在找那一群「未知的大眾」。在柯林斯的時代，那一群未知的大眾，就是在社會教育慢慢普及的情況下，那些擁有基本讀寫能力，且有一點點時間閱讀的「有閒階層」。閱讀成為了他們的娛樂，也是他們的需要，藉此累積他們得來不易的社會資本。

今時今日，大家也擔心小說的未來、閱讀的未來，有說「人不讀書了」，又有說「實體書的時代已經完了」，而且有不少人會對閱讀風氣的擔憂，歸咎於網絡與新媒體娛樂的普及。我不會抹殺當中的關連，但不可不知，在柯林斯的時代，也有類似的論調：那就是公共圖書館的出現。

據此說，公共圖書館導致人們終日流連其中，只讀以娛樂為主的閒書。當時，有一篇關於圖書館的報導是這樣寫的：「寧可看見年輕人流連酒館，也不願他們把時間花在這種地方。」

每一個時代的作者，面對獨特的閱讀風氣，自有獨特的困難，而正如柯林斯所言，「小說的未來，或許就掌握在這群『未知的大眾』手裡」，但我想，他們不需要「等待著有人告訴他們如何分辨一本書的好壞」。書是好的，始終會遇上好讀者。我信。

74

抓住我們的現實生活

「許多最優秀的心靈，正是在貪圖寫大部頭的作品上吃虧受苦，我也因為這個錯誤吃過苦頭……但是如果你腦子裡老是想著寫一部巨著大作，此外的一切都靠邊站，這就要喪失掉生活本身的許多樂趣。」當你讀到一個作者如此這般的告誡，或許你會懷疑，這不過是一個寫不出巨著大作的人，酸溜溜的自我開導。但此話卻是出自《浮士德》的作者歌德（Johann Wolfgang von Goethe，1749-1832）。

晚年的歌德，遇上了一個很崇拜他的後輩作家，後來更成為了他的秘書，這人的名字是愛克曼（Johann Peter Eckermann，1792-1854）。在歌德去世後，愛克曼將歌德從七十三歲到八十二歲這段日子跟他的對話輯錄成書，出版了《歌德談話錄》，並成為了歌德研究者的必讀之物。書中記錄了不少歌德關於寫作、藝術、哲學的想法，還提

及他的《浮士德》。

「人們不斷地來問我在《浮士德》裡要體現什麼樣的觀念？彷彿我自己懂得這是什麼，而且可以告知他們。從上天下來，通過世界，下到地獄，這當然不是空想的，但也不是觀念，而是動作的過程。此外，惡魔賭輸了，而一個一直在艱苦的迷途中掙扎，向較完善的境界前進的人終於得到了解放，這當然是一個有作用的、可以解釋許多問題的好思想，但這不是什麼觀念，不是整部戲劇乃至每一幕都以這種觀念為根據。」

如此簡單幾句，便訴說清楚歌德晚年對日常與細節的重視：不要迷信大觀念，而忘記了關注動作與行為，也不要只求得到宏大的觀念，而忽視了當中有掙扎、有解放的過程。因此，歌德說：「如果詩人每天都抓住現實生活，經常以新鮮的心情來處理現實所提供的東西，他就總可以寫出好的作品。」

當歌德說他也曾經因為貪圖寫大部頭的作品而吃過苦頭，至少，他在這些苦頭掙扎之後，也得到了他應得的解放，畢竟也是一種過程。我們站在他的肩膀上，不妨從他的領悟出發，記得，抓住我們的現實生活，抓住苦，也不忘抓住樂。

75

不因為浮躁而發表意見

托爾斯泰（Leo Tolstoy，1828-1910）是一名作家，也是一名思想家，在他的經典長篇小說，如《戰爭與和平》和《安娜·卡列尼娜》，我們讀到的是一個詩人對社會暴力、階級、人文主義之反思。1882 年，也是托爾斯泰中晚年的寫作階段，他寫成了《我的懺悔》，以自傳形式講述有關抑鬱、哲學與信仰的想法，以及他的罪過，身為文人的罪過。

「我想做一個好人、一個有道德的人，但是我發現這種想法無論以什麼方式表達出來，都只會招來他人的譏諷；而一旦我做了任何邪惡的行為，總能馬上得到讚揚。」在邪惡合理化的社會，沒有人真心相信良善，良善成為了愚蠢的代名詞，作為文人的托爾斯泰只好寫成一本懺悔錄，記錄自己的反省，以抗衡社會的偽善與犬儒。

托爾斯泰的懺悔是真誠的，是卑微的，是出於一個受敬仰的思想家之身份與高度。他寫道：「我的錯誤在於：儘管我意識到了這個位置給我帶來虛榮和迷惑，我卻仍然留在這個位置上，認為自己作為一個思想者、詩人和教師，能夠對其他人進行教導，而我對自己要教的內容卻一無所知。」

這些錯誤的「第一因」或是托爾斯泰寫出了受人矚目的作品，「我開始寫作，卻出於卑劣的動機，因為我是為了獲得金錢和奉承而寫作的……作為一個思想者和詩人，我寫作並且講授一些自己並不了解的東西，因為我的筆耕得到了巨大的報酬，過上了舒適、奢華和浪費的生活。」托爾斯泰續說：「我們什麼也不能教導，只是製造了不計其數寫滿俄文的垃圾，我們的浮躁無以言表，卻沒有注意到這一點。」

作品賦予作者之身份，作者因此有了說話的權力，但作者也可能浮躁的糟蹋了這種權力。這不只是托爾斯泰的懺悔，也應當是不少我等文人作者的告誡。幸好，在這個城市，文人的誘惑畢竟比托爾斯泰所面對的少，至少，我們的筆耕不太會得到「巨大的報酬，過上了舒適、奢華和浪費的生活。」

76

弄清楚被拒絕的原因

退稿，是寫作人的日常經驗，也是寫作人學不完的一堂
課。當中，我們要在創作心態上學會面對失落、明白誤
解、接受批評，也要學會在「半退稿」的情況下作出堅持
和取捨，在待人接物上也要學會遭到退稿後的回應（當
然，更多的作者是不回退稿信的），以至習慣性重新發稿
的操作。

以上的說法，說起來振振有詞，實際運作起來，還是有很
多心理關口。我遭到退稿的經驗也不少，尤其在剛起步
時，而支持我遭退稿後繼續寫作、繼續投稿的動力，是名
人作家的退稿故事。至少，在退稿一事上，我算是跟名人
作家有過一致的經驗了。在此，分享柯南・道爾（Conan
Doyle，1859-1930）的故事。

二十多歲的柯南‧道爾還未成為一名全職作家，而是一個醫生，他以所見所聞創作了現在家喻戶曉的福爾摩斯與華生，寫成了第一部《暗血色研究》。關於退稿後，堅持投稿的作家故事不少，柯南‧道爾的出版故事大體上也是如此。在遭到多次退稿後，柯南‧道爾終於得到一間出版社支付版權費，但同時，出版社告訴他「今年無法出版，因為市場上充滿廉價小說。」

我不肯定柯南‧道爾本人是否同意他的作品屬於「廉價小說」，畢竟偵探小說在當時還是新現的大眾類型文學，只是如今再讀柯南‧道爾的首兩部作品《暗血色研究》與《四簽名》，不能不說它們遭多次退稿，還是有道理的。

《暗血色研究》的結構是迂迴的，在故事中突兀加插筆風如論文般的猶他州摩門教內容；《四簽名》的藏寶故事，以當時的標準來說，也是陳舊的，而必須要注意的是：首次刊載柯南‧道爾《四簽名》的《李賓科特雜誌》，同一時間，可是刊登王爾德（Oscar Wilde，1854-1900）《格雷的畫像》。

我想說什麼呢？我想說的是，退稿，總是有道理。退稿後，再繼續投稿，而最後獲得刊登的故事，是勵志的，也是值得一聽，然而，卻不要忘記，退稿，也有可能是真的

寫不好，而柯南‧道爾的故事告訴我，就算我們的稿沒有被退，也不代表我們真的寫得夠好。

先弄清楚被拒絕的原因，而不要不求進步的不斷重試，這才是真正的勵志。

77

認識了黑暗，也認識了自己

近來，越來越多學生問這樣的一條問題：為什麼我們要學習文學呢？問的學生不但有來自如社會科學、物理或中醫等外系生，還有文學院本科生。發問，是好事，誠實的發問都反映實實在在的現象。在一個功利社會，每做一件事都要問其目的、價值，而且要以目標為本來完成。那麼，讀文學，又為了什麼呢？

讀文學，對我來說，是為了找到自己的維吉爾。誰是維吉爾？維吉爾（Virgil，前70-前19）是古羅馬詩人，以《牧歌集》、《農事詩》，以及史詩《埃涅阿斯紀》顯揚於世人，而我必須承認，這三部經典，我都沒有讀過。我認識維吉爾，始於他的「粉絲」但丁（Dante Alighieri，1265-1321）筆下。

但丁崇拜維吉爾，於是將維吉爾寫入他的《神曲》之中，成為了他的保護者與嚮導。維吉爾帶著但丁從黑暗森林，穿越九層地獄，見過歷史上的偉人、受愛慾苦纏的戀人、貪食者、暴戾者、殺人犯、騙子，等等等等，並在第九層地獄的中心，遇上了永恆冰湖中的的魔鬼。在維吉爾的帶領下，但丁又到了煉獄，穿過九個同心圓中的路，看盡形形色色的勞役。

為什麼要讀文學？答案因人而異，但我遇見文學，就像但丁遇到維吉爾，在其帶領之下，我看到世間的喜怒哀樂、善惡美醜。文學，是人類經驗的總歷史，它不為勝利者服務，更透達失敗者的心路。文學，也是個人與文化的成長史。一幕又一幕的離離合合，一次又一次的辯證，透過文學，我們理解別人，也認識自我。

你以為維吉爾只會帶領你看盡人世間的苦難罪惡嗎？在天堂的入口處，維吉爾與但丁道別，並且讓但丁的理想情人波提納里（Beatrice Portinari）接力，繼續帶領但丁，穿越幸福天堂的旅程。

維吉爾帶領我們認識了黑暗，也認識了自己。從認識自我心底的惡起步，我們找回了自我理想的對象，它可能是一個人、一種價值，或是一種態度。

78

相信偽道理，不如相信真緣分

關於愛情的比喻很多，有些貌似發人深思，有些卻像恐怖喜劇，令人哭笑不得。例如有說，尋找伴侶就像等巴士，你嫌這一架沒有冷氣，又嫌那一架的總站跟你的目的地有十分鐘步行距離，於是你等了又等，嫌三嫌四，最後就會錯過尾班車。又有說，尋找伴侶就像在前行的路上摘花，你遇到美麗動人的花，卻期待遇上下一朵更接近完美的，到頭來一朵都沒有摘下。

這些說法似是而非，但通常都有共通點：首先，說話的對象往往假設是女性；其次，這總是一場零和遊戲。言下之意，這些說法都是恐嚇女性，你要麼就快快找一個人，否則你一個伴侶也沒有。這樣的怪異想法，又跟《格林童話》的一個故事不謀而合。

話說，老國王想為女兒找到伴侶。公主美麗聰慧，卻心高氣傲、任性驕縱。無論國王給公主介紹什麼伯爵、公爵，以至友國國王，公主都不屑一顧，而且一一奚落，這個胖的被公主取笑為「酒桶先生」，那個臉色蒼白的又給說「是死神嗎？」，這個臉色紅潤的是「戴著紅冠的公雞」，那個下巴尖尖的國王就是長有鶇鳥的喙的「鶇雀國王」。老國王眼見女兒如此目中無人，便氣憤下令：「既然如此，那我就把妳嫁給接下來第一個來城堡大門討食的乞丐。」後來，真的有一名乞丐來了賣唱，國王就這樣將公主許配給他。

又是一個關於女性要有怎樣的心態找對象，又是一個要麼得到國王，要麼得到乞丐的零和故事。然而，尋找人生的伴侶，真的是如此計算或然率的事情嗎？如果巴士站離目的地不過是五分鐘路程，那麼我為什麼要上一架下車後要走十分鐘路的巴士呢？如果花兒這麼動人，我為什麼要欠公德心地將之摘下？我意思是，關於愛情的比喻，往往悅耳，卻未必可以類比。

尋找伴侶，最後還是感覺與時機的事，有可控制的，也有不可控制，就像童話中的公主，她哪知道最後成為她丈夫的乞丐，原來就是那下巴尖尖的「鶇雀國王」。

79

小心自己的暴怒

有說父母選女婿，不妨與他打一場麻雀，所謂「牌品好，人品自然好」，在一場麻雀局中，貪念與競爭性推波助瀾，一個人的待人接物或許真的會不知不覺表現出來，但我認為，可以再加多一個條件：選一個在鬧市中的地方，要這位未來女婿開車到這個地方去打麻雀，這樣的測試想必更全面。

公路，是一個怪異的空間。在公路上，人與人之間的禮貌水平彷彿頓時降低。我們的城市明明早學會了有規矩的排隊，但到了公路上，車子插隊卻成為了平常事。在日常生活中，我們跟陌生人打一個招呼，請他讓一讓路是平常事，到了公路上，哪怕你的車頭指示燈閃到天長地久，旁邊的車子眼見你窮途末路，也總是不會讓你的車。我想，車子像一個面具，當人坐在車上，就像戴了一個面

具，而人性的一些陰暗面就此顯現。

這些陰暗面的極致，往往造成路怒。網上資料說，路怒是指「駕駛人帶著緊張憤怒的情緒開車」，症狀包括「頻按喇叭、對前車打遠光燈、突然煞車或加速、隨意變換車道」，以及「對行進路上如遇堵車、事故、不文明變道、不遵守交通規則等行為所產生的危急狀態過後的咒罵」。簡言之，凡有前車擋路，無論原因，路怒者都會抓狂。

每當在路上遇到路怒者，我都想隔空跟他說：路怒是會釀成悲劇！從前，有一個人，他在離開自己國家的長途旅程中，在一個十字路口遇到對面駛來的另一輛車，兩邊的人互不相讓，爭吵起來，對面車的人下了車，擊打了旅人的頭，於是旅人也跟著奮戰起來。最後，暴怒的旅人殺死了對面車的人。

這故事聽起來，像一次因交通意外而來的暴力事故，但如亞里士多德所言，悲劇中沒有意外。這名旅人就是鼎鼎大名的伊底帕斯。以上的故事，相信大家也聽了無數次，伊底帕斯殺死的正是他的親父拉伊俄斯。駕駛者們，路怒，是會釀成悲劇的，而且可以是弒父娶母等級的悲劇呢！

80

不要讓理想變成恥辱

跟大家說一個故事：從前，有一位男子，一生住在窮鄉僻壤，到他五十歲左右的時候，從閱讀中得到頓悟，認為要把握時間，實踐出他理想的人生，用餘下的青春，用僅有的力量，維護他追求的正義。他脫離了自己的舒適圈，離開村莊，走入陌生的城市，在冒險中遇上一次又一次的挫敗，焦頭爛額，卻無阻他的意志，繼續前行。

這故事，勵志嗎？它正是經典諷刺小說《唐吉訶德》的故事架構。西班牙小說家塞萬提斯（Miguel de Cervantes，1547-1616）於十七世紀初創作了這部諷刺騎士小說的偽騎士小說，並成為了西班牙文學，以至整個西方現代文學的經典範作。

唐吉訶德的所謂冒險，的確滑稽。他騎著一匹老馬，將旅

館當作城堡，將一群羊當作千軍萬馬，將風車當作邪惡的巨人，荒唐至極，卻自以為帶著「為了使鋼鐵時代，恢復到過去的黃金時代，由天意而降世」的使命感，實現騎士精神。

從此，「唐吉訶德」成為了不顧現實，空談理想，以至偏執行為的代名詞。然而，唐吉訶德的失敗與荒謬，真的源於他的理想，還是他實現理想的方法呢？我想，他最失敗的，始終是他的品味。唐吉訶德啊！你穿一件鏽跡斑斑的盔甲、找一匹又老又瘦的馬，還有一個土裡土氣的同伴，哪怕你有信念，也是太不講究的信念吧！

或許，塞萬提斯會反對我的看法，畢竟他寫成唐吉訶德的故事，是為了嘲諷當時西班牙還以為能靠天主教征服世界的夢想，但正如屠格涅夫（Ivan Sergeyevich Turgenev，1818-1883）所說，唐吉訶德始終是「信念的象徵」。唐吉訶德滑稽，但不可笑。

信念，重要。我們可能會取笑唐吉訶德的行徑，但沒有人會真心討厭善心一直未變的唐吉訶德，因為我們都知道，人有信念是多麼可貴、多麼真誠。我們不可以做唐吉訶德，但我們卻可以從唐吉訶德身上學習，先有信念，再談現實，不要讓理想變成恥辱。

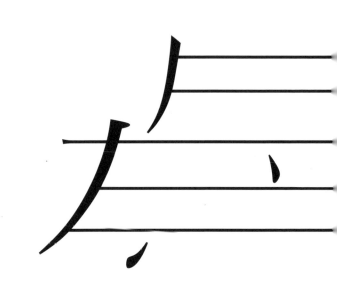

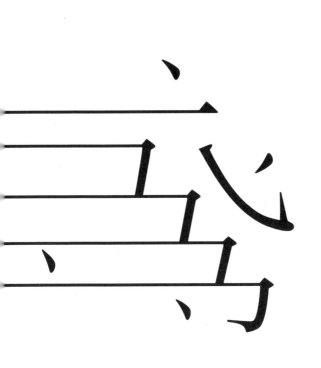

SOMERSET MAUGHAM KAWABATA YASU
MAUGHAM KAWABATA YASUNARI WILLI
KAWABATA YASUNARI WILLIAM SOMERS
YASUNARI WILLIAM SOMERSET MAUGHA
WILLIAM SOMERSET MAUGHAM KAWAB
SOMERSET MAUGHAM KAWABATA YASU
MAUGHAM KAWABATA YASUNARI WILLI
KAWABAT   MERS
YASUNARI WILLIAM SOMERSET MAUGHA
WILLIAM SOMERSET MAUGHAM KAWAB
SOMERSET MA   BATA YASU
MAUGHAM KAWABAT   LL
KAWABATA Y   M SOMERS
YASUNARI WILLIAM SOMERSET MAUGHA
WILLIAM SOMERSET MAUGHAM KAWAB
SOMERSET MAUGHAM KAWABATA YASU
MAUGHAM KAWABATA YASUNARI WILLI
KAWABATA YASUNARI WILLIAM SOMERS
YASUNARI **WILLIAM SOMERSET MAUGHA**
WILLIAM SOMERSET
SOMERSET MAUGHAM KAWABATA YASU
MAUGHAM KAWABATA YASUNARI WILLI
KAWABATA YASUNARI WILLIAM SOMERS
YASUNARI W   HA
WILLIAM SOMERSET MAUGHAM KAWABA
SOMERSET MAUGHAM KAWABATA YASU
MAUGHAM KAWABATA YASUNARI W
KAWABATA YASUNARI WILLIAM SOMERS
YASUNARI WILLIAM SOMERSET MAUGHA

我的

chapter 7

弄清楚自己在高興什麼

我們生活在一個要求我們天天向上，努力進步的現代世界。如此，我們發展、前進，也如佛洛依德所說，製造了「文明及其不滿」。所謂文明，我們大概都明白，而當中的不滿，反倒複雜，藏於人心，演變成各式各樣的不安。

我們應該不斷挑戰自己的極限，讓自己承受最大分量的壓力，以努力爭取邁向社會定義的成功，還是我們應該逃離競爭，甘於平淡，舒舒服服的安於落後的生活，不求進步呢？這是我常常思考的問題，歸根究底，可能是一種關乎信仰的問題，而英國作家毛姆（William Somerset Maugham，1874-1965）也在他的小說〈愛德華‧巴納德的墜落〉（1921），正視這個問題。

這故事的主要角色有三人，主角愛德華、他的愛人伊莎貝

爾，以及主角的朋友貝特曼。故事十分簡單，一對朋友都喜歡上伊莎貝爾，貝特曼選擇割愛成全愛德華，於是愛德華與伊莎貝爾訂婚，但好景不常，愛德華家道中落，唯有到大溪地放手一搏，而伊莎貝爾願意在舊金山等他回來。

如是者兩年過去，愛德華像變成了另一個人，變成了一個不思進取，也彷彿不打算回到城市的鄉下人。因此，貝特曼便前往大溪地一探究竟，發現愛德華跟隨著一個從舊金山逃到大溪地的老人生活。

在貝特曼的質問下，愛德華說道：「我不認為他對自己犯下的惡行懺悔，就能得到世人的寬恕。他是個騙子，是個偽君子，一輩子也甩不開這個名號了。但我從來沒碰過比他相處起來更愉快的同伴了，我知道的一切都是他教我的。」那老人教了愛德華什麼？他說：「如何生活。」他明白「現在不但窮，而且甘於貧窮。」

貝特曼聽得莫名其妙，感覺「要是該死的知道他在高興什麼就好了」，因為他一個男人的最好生活，「就是盡自己的責任，努力工作，並且履行所有和自己的身份資格相應的義務。」

究竟是愛德華的生活實踐「真」，還是貝特曼的生活態度

「好」？我想，我們都要先弄清楚自己到底是愛德華，還是貝特曼吧！弄清楚自己是什麼樣的人，弄清楚自己在高興什麼。

82

性格沒有對錯

我是一個沒有耐性，卻又好想學習變得有耐性的人，於是有關如何訓練耐性的知識，以及有關耐性的故事，我都會格外留意。舉一個例，中國民間故事〈飛來峰〉，便是其中一個我常常會想起的故事。

這一個故事的開首，就寫得相當引人入勝：「身為一座山，沒有耐心的後果很嚴重，因為你知道，作為一座山，總得安安穩穩坐在一個地方是不是？但那座山坐著坐著就坐不住了，它每隔一段時間就是感到無聊，一感到無聊就要搬家，一搬家就要從一個地方飛到另一個地方。因為這個緣故，人們都叫它『飛來峰』。」如是者，飛來峰飛來飛去，終於打算飛到杭州的靈隱村。

在杭州，山下有靈隱村，山上有一座寺，叫靈隱寺，靈

隱寺裡住了如今鼎鼎大名的「花和尚濟癲」，即濟公。濟公從來不能端端正正地在寺中靜修，而終日貌似瘋瘋癲癲，到村裡喝酒說笑，毫不正經。孩子們都喜歡濟公，大人卻都以為他是瘋的。

那天，濟公如常地到村中找狗肉吃，卻見到飛來峰從遠處飛來，快要壓毀靈隱村。濟公知道沒有人會理會他的警告，於是便強搶了行禮中的新娘子，大叫「我光頭和尚今日大喜啦！哈哈哈，我光頭和尚有新娘子啦！」然後便帶著新娘子拔足狂奔，全村人見狀，立即緊追其後。

就這樣，全村人跟著濟公離開了靈隱村。此時，飛來峰落在他們身後，穩穩地壓下來，將整條村子壓碎，成了泥塵。濟公救了全村五百人，並要求大家「一人做一個羅漢」，鎮住飛來峰。從此，靈隱寺有了五百羅漢，飛來峰也不再飛了。

這個故事，除了說明羊群心理也可能有正面效果以外，還啟發了我什麼呢？同樣是有著「坐著坐著就坐不住了」的好動性格，飛來峰給描述成災難，而濟公，卻成了傳奇。其實，性格真的沒有對錯，只有合適與否，既然我的個性是沒有耐性，那我何必要勉強自己做一座山呢？

83

讓希望催促自己趕路

「那年我二十歲，頭戴高等學校的制帽、身穿藏青碎白花紋上衣和裙褲，肩挎一個學生書包。我獨自到伊豆旅行，已是第四天了……」每次有機會一個人旅行，我都會想起川端康成（Kawabata Yasunari，1899-1972）在《伊豆的舞孃》的開場白。

他寫道：「在修善寺溫泉歇了一宿，在湯島溫泉住了兩夜，然後蹬著高齒木屐爬上了天城山。重疊的山巒、原始的森林、深邃的幽谷，一派秋色，實在讓人目不暇給，可是，我的心卻在猛然跳動，因為一個希望在催促我趕路。」

一個人，為什麼要一個人旅行呢？「因為一個希望在催促我趕路」，而各人都有各人的希望。最普遍的「希望」，

大概是希望自己可以好好的跟自己相處。在每時每刻都在跟人聯繫的社會，我們要在日常中獨處並不容易，而旅行，彷彿製造了一個假設：我，可以脫離日常。

然而，一個人旅行是否可以成功脫離日常，又是一門學問。我們可以承受到不查看電郵的壓力嗎？我們可以適應到沒有網絡世界支援下生活的不安全感嗎？我們可以按捺得住沉悶，而寧謐的獨處嗎？

最終，我們會懷疑：我真的喜歡獨處嗎？

從準備一個人旅行時的興高采烈，到真正出發時的狂喜，在旅程中異常敏感於所見所聞的美，然後，忽然想起：如果眼前的美，我可以有他／她在身旁，一起享受就好了。

這讓我想起，有些人會因為失戀，而一個人旅行。這真的可行嗎？這樣的一個人旅行會快樂嗎？後來，我成熟了一點兒，才明白，失戀後的一個人旅行，不為了快樂，而是為了倍感寂寞，並在極痛之中尋找治癒與希望，就像《伊豆的舞孃》中的主角。

為什麼他要一個人旅行呢？「我已經二十歲了，再三嚴格

自省，自己的性格被孤兒的氣質給扭曲。我忍受不了那種令人窒息的憂鬱，才到伊豆旅行。」帶著擺脫「那種令人窒息的憂鬱」的希望，他開始了這次旅行，而無論希望最終有否實現，至少，他得到了在路上的理由：讓希望催促自己趕路。

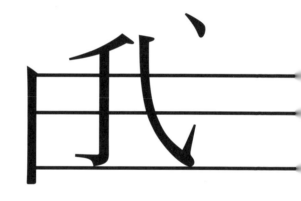

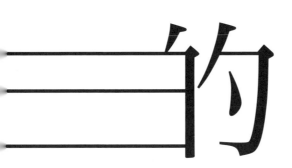

NAVARRE ALFRED EDGAR COPPARD KŌD/
AKUTAGAWA RYUNOSUKE MARGUERITE
TW   PLES LEWIS RUBEM FON
COPPARD KODA ROHAN MURAKAMI TAK/
MARGUERITE DE NAVARRE ALFRED EDGA
LEWIS RUBEM FONSECA AKUT

MURAKAMI TAKASHI MARK TWAIN CLIVE
NAVARRE   EDGAR COPPARD KŌDA
AKUTAGAWA RYUNOSUKE MARGUERITE
TWAIN CLIVE STAPLES LEWIS RUBEM FON
COPPARD KODA ROHAN MURAKAMI TAKA
MARG   LFRED EDGA
LEWIS RUBEM FONSECA AKUTAGAWA RYU
MURAKAMI TAKASHI **MARK TWAIN** CLIVE
NAVARRE ALFRED EDGAR COPPARD KŌDA
AKUTAGAWA RYUNOSUKE MARGUERITE I
TWAIN **CLIVE STAPLES LEWIS** RUBEM FON
COPPARD KODA ROHAN MURAKAMI TAKA
MARGUERITE DE NAVARRE ALFRED EDGA
LEWIS RUBEM FONSECA AKUTAGAWA RYU
MU   MARK TWAIN CLIVE
NAVAR   FRED EDGAR COPPARD KODA
AKUTAGAWA RYUNOSUKE MARGUERITE I
TWAIN CLIVE STAPLES LE
COPPARD **KŌDA ROHAN** MURAKAMI TAKA
MARGUERITE DE NA   ED EDGA
LEWIS RUBEM FONSECA
MURAKAMI T   WAIN CLIVE S
NAVARRE ALFRED EDGAR COPPARD KODA

一個

84 ——————— 92

chapter 8

創作是一種運動

自從我的第一本小說集《餡餅盒子》出版後，陸續收到不少講座邀請，問我是否願意到中學分享創作經驗。無論學生人數是三十人，還是七百人，我都一一答應這些邀請。其實，我願意出席與否不是一個問題，問題是作為一個新作者，我實在沒有多少經驗分享。

幸好，我還是一名讀書人。除了分享我自己的故事，我還可以分享其他成功創作人的經驗，而這些來自其他創作者的經驗，又的確在我養成寫作習慣的過程上幫助了我的思考與工作，例如日本藝術家村上隆（Murakami Takashi，1962- ）為自己的工作室所訂的「藝術家空間七大守則」。

七大守則的最後三條是這樣的：「五，以一天一份『完成作品』來提升自己的肌肉力量！總之就是要提升創作的

速度；六，最重要的是，試煉自我的勇氣，以及到死都要持續拼命的偏執；七，製作費、工作室的房租、生活費……徹底進行成本控管，培養到死都可以持續創作的金錢概念。」對我來說，這三個守則都是源於一個概念：創作，是一種持之以恆的運動。

村上隆說得極好，我們都要有足夠的「肌肉力量」以完成我們的創作，因為創作不但是腦力的問題，更是意志與身體的習作。這也是我個人的經驗，當我沒有健康的身體，以及規律的生活，我就沒有足夠的底氣創作。寫作，本身就夠艱辛，病中寫作，更是寸步難行。當然，有不少十分出色的作者都在病中創作，而寫成了經典作品，而我只能說，那些是特例。

相反，若我們要成為作家，那我們就要找方法令創作變成日常，而關鍵也就是村上隆所強調，那主觀的「到死都要持續拼命的偏執」，以及客觀的讓你「到死都可以持續創作的金錢」。

簡言之，我們要創作，要先學會持續，而只要持續，哪怕只是每天一點點的寫作，就像我每天寫一點點，慢慢寫成了這本書似的。

85

珍惜幽默的人

我很欣賞幽默的人，主要因為我本身不會說幽默的話，但又會因為聽到幽默的話，而會心一笑。幽默與滑稽不太一樣，幽默帶來微笑，滑稽逗人發笑。兩者都是有趣的，只要我不是那一個給取笑的對象。

的確，幽默有時也會造成別人的傷害，但當我再仔細學習幽默時，又發現這質素的幽默，不是以取笑別人為樂，而是要讓我們想起事情的荒謬。然而，在某一些處境，幽默的功夫會像泥牛入海，發揮不到任何作用。這先讓我們說一篇馬克·吐溫（Mark Twain，1835-1910）的故事〈法式大決鬥〉。

這一次，馬克·吐溫成為了一名決鬥者的代理人，要在一場（本應該是）生死決鬥之前，與對方的代理人

談好決鬥的細節。因此，馬克‧吐溫先禮後兵，寫了一張便條，跟對方提議用斧頭決鬥。對方的代理人收到便條後，便立即約見馬克‧吐溫，說用斧頭的話，會造成流血事件的。聽得莫名其妙的吐溫便問：「那麼，我能否也請教一下，您這邊又建議要流什麼呢？」聽罷，對方一時不懂得反應，說要回去再研究一下，然後回覆：「他和他的決鬥人很鍾意斧頭，也確實推薦斧頭，但這種武器已遭法國禁止，所以我得更改提議。」後來，這位代理人與吐溫在武器一事上僵持不下，對方提出的武器之殺傷力一個比一個低。

作為參與法式決鬥的新人，馬克‧吐溫認為對方侮辱了決鬥，「便酸溜溜地提議相隔四分之三里互丟碎磚塊。我一向很討厭把幽默浪費在沒幽默感的人身上，因此當這個人認真把最後這個提議帶回去給他的委託人時，我心裡實在很難受。」於是我明白到只要在一個虛偽的處境中，幽默便會失效，因為本應為荒謬的話，倒成為了真實的本象。

最後，雙方決鬥者都同意用上兩把單管鑲銀的精巧手槍，簡而言之，華而不實。而且他們會相距六十五碼對射決鬥。馬克‧吐溫問道：「用這種武器？隔五十碼用水槍都還比較致命。」那麼，最後有人受傷嗎？有的，而且是重傷，但有待讀者自行找來故事看結局好了。

86

計劃的重要

以《納尼亞傳奇》聞名於世的兒童文學作家 C.S. 路易斯
（Clive Staples Lewis，1898-1963），曾說：「你總不會太老
去尋找一個新目標，或夢想，一個新夢想。」如此這般勉
勵人認清願望、設定目標的名人語錄，在每年的第一個月
曝光率特別高，旨在提醒大家要好好把握新一年。

然而，願望，什麼時候才能成真呢？小時候，我每年的新
年願望都是「學業進步」，但願望歸願望，我的學業量多
了，成績卻沒有進步可言。日本成功學作者箱田忠昭便認
為，大部分的人（包括我）都沒有分清願望與目標的分別。

箱田忠昭說，目標就是一個有具體性、設定期限、寫於紙
上的願望。具體性就是細節，是將概念性的願望轉化為可
執行的內容，例如你的願望是成為一個作家，那你要定下

的目標就是要具體寫出多少本書，並且要設定時限，這樣才能夠令「目標」真的成為目標，否則你不斷向走前，「目標」一直往後退，你永遠到不了終點。

我們要將目標寫於紙上，放於當眼處，好不斷提醒習慣善忘、善於逃避的自己。有其他成功學作者還建議我們要將目標告訴好友，且不時報告進度，以產生朋輩效應，但這做法是否合乎你個性，或許各有一套。

最後，我們需要一個計劃。什麼是計劃呢？計劃，就是管理目標與現實之間差距的方案。在此，箱田忠昭有兩個提醒：一，我們除了要按著計劃，執行目標內容，更要不斷檢討，並且調整計劃；二，也是我認為要達成目標的關鍵所在，我們要記得「將力量集中於一點的『來福槍射擊效果』」，換言之，我們要集中、專注於一個目標。

專心，本是一個顯淺的道理，只是在這煩躁的時代，專心的德行不幸給莫名其妙的野心論模糊了，彷彿我們有上進心，就要一心多用，於是我們定下了一年又一年重複而多樣的目標，到頭來，卻一個目標都沒有達到。

問題是：每到一年之始，我都會計劃要定下什麼的計劃，然後開始計劃一下要計劃一個什麼的計劃。

87

「祝你快樂」不是順口溜

祝福的分量，會否因為傳播科技的進步而改變呢？我的意思是，一張新年賀卡的祝福，是否真的比一個手機轉發的新年短訊更有分量呢？或許，祝福的分量還是在於祝福者的真誠，但我可以肯定的是，我們不應該認為「新年快樂」是理所當然的。

當代巴西短篇小說作家，也是葡語文學最高獎卡蒙斯獎得主豐塞卡（Rubem Fonseca，1925- ）有一篇小說名為〈新年快樂〉。故事從敘事者「我」與他的同伴「瘋子」的貧民窟家裡開始：「你從哪兒偷來的電視機？瘋子問道。偷個屁，我買的。發票就在電視機上。瘋子啊，你覺得我會蠢到把剛剛到手的東西藏自個兒窩裡嗎？我餓死了，瘋子說。明兒一早我們去拿馬孔巴的祭品填肚子，我說，就當惡作劇。」

據說，馬孔巴是一種巴西民間的宗教儀式，人們會準備祭品，而且會載歌載舞的祭祀，但在故事中寧願花錢買電視機卻缺錢糊口的「我」、癲子與同黨並沒有求助神明，反而拿著湯普森衝鋒槍和左輪手槍到一個富裕家庭行劫。

豐塞卡小說的特色，除了有大量暴力與性的元素，還有他選擇敘事者的手法。在一般的小說，敘事者或主角總是得到讀者同理、同情的一員，哪怕主角使用暴力，讀者傾向期望他的行為是情有可原的。然而，在豐塞卡的小說，敘事者往往是真正的作惡者。

在〈新年快樂〉，「我」與癲子用上極度殘忍的方式殺人行劫，並且帶著贓物回家，「爬上樓，我把吃的、喝的全都拿出來，堆在地上的一塊毛巾上。」，「等癲子回來，我滿上酒杯說道，祝願來年更好。新年快樂。」「我」與癲子的「新年快樂」建築在別人的苦難之上，「我」與癲子或許也是殘酷世界的不幸者，但同時他們也以某一種形式的暴力，造成別人的不幸以換取自己的快樂。在此，我們不禁問自己：我們的快樂從何而來呢？

每一次，當我祝別人「新年快樂」，同時也要撫心自問：在上一年，我有努力讓這位朋友快樂嗎？我們祝福別人快樂，同時要真的努力令別人快樂。「祝你快樂」不是順口溜。

88

小心自己製造地獄的能力

麗莎・布倫南－喬布斯出版了一本書，提及喬布斯作為父親的身份重疊與矛盾。那是現實中的故事，哪怕不是千真萬確，也至少是真人真事改編、續寫。然而，當父親角色的矛盾進入想像世界，當中的破壞力卻可以來得更徹底、更極端。

日本作家芥川龍之介（Akutagawa Ryunosuke，1892-1927）於 1918 年，根據名著《今昔物語》及《宇治拾遺物語》當中的一則故事，改寫成著名短篇小說《地獄變》。故事講述有一位名為良秀的畫師，有著高超的畫功，能夠眼見實物而具象的畫出栩栩如生的畫作，卻不善於憑空創作。因此，良秀閒時會素描路邊的屍體，或以毒蛇攻擊弟子以捕捉驚嚇的表情於畫作之中。

良秀有一位女兒，在堀川王爺的府邸做宮女，良秀一心想以畫作贖回女兒，而王爺卻一心想將這宮女據為己有。這樣的矛盾，最終在王爺的狂妄與邪惡驅使下，成為了一件恐怖事件。

王爺命良秀畫一幅「地獄變」屏風，而只懂以實物入畫的良秀，卻始終畫不出一位貴婦在火燄地獄的痛苦神情，於是沒有見過地獄的良秀，便請求王爺給他製造一個「地獄」。順應良秀的請求，王爺點燃了一架蒲葵車，車在燒，車內鎖著一位貴族裝扮的女子，良秀看得入迷，「看她的雪膚花容，在火中焦爛，滿頭青絲，化成一蓬火炬，在空中飛揚」，而想當然，這女子就是良秀的親生女兒。

良秀沒有叫停這場地獄之火，卻走火入魔一般的全神貫注完成了這幅「地獄變」屏風。「地獄變」屏風畫出了地獄之感，就連責罵良秀失了人性的眾人，一旦目睹屏風，也無不讚嘆良秀出神入化的畫技。第二天晚上，良秀獨自在家裡懸樑自盡。

常言道：「虎毒不吃兒」，但如果虎吃兒，不是因為毒，而是因為笨，或瘋，或別無選擇呢？芥川龍之介寫道，「人生，比地獄還像地獄」，但是人生的地獄，究竟是誰製造的呢？

89

不講是非

究竟，有多少不幸事件是由於是是非非、流言蜚語而造成的呢？人類講是非的方式不斷進步，從口耳相傳，到手機廣傳、網絡公審，好像自文明之始，講別人是非便是一直沒有冷卻的潮流，甚是可怕。

於十六世紀中期，法國貴族作家瑪格麗特·德·那瓦爾（Marguerite de Navarre，1492-1549）便寫下了一個關於宮庭流言的故事，名叫〈堅貞的羅蘭蒂娜〉。女主角羅蘭蒂娜是法蘭西王國的貴族女子，可惜，既得不到父親的照顧，亦得不到女王的愛護，就這樣眼見身旁的同伴——在女王的安排下找到如意郎君，自己卻孤身一人。

直到三十歲的時候，羅蘭蒂娜決心將情感之事「拋到一邊去，成天只是祈禱上帝，要不然就做些女紅以消磨時

間」，過著「比修女更像修女的生活」之際，她遇上了一名宮廷侍衛。這名宮廷侍衛是貴族的私生子，既沒有貴族資格，也沒有財產，而且其貌不揚。但，兩人一見鍾情。

兩人就此交往，而他們的交往就只是聊天。然而，有關他們的「荒唐之事」卻在宮庭內廣傳開來，女王因此下令禁止他們交往。流言的厲害，在於它可以將清白之事染上污穢，逼得沒有罪過的人犯下罪過。本來明白白白以禮相待的兩人，因為女王的禁令，而被逼偷偷摸摸的幽會。

道高一尺的幽會方式，遇上魔高一丈的控制手段，本來沒有得到任何人關心的羅蘭蒂娜，成為了所有人的留意對象。「他們談話的時間越是受到限制，他們的話語反而越能表達出深沉的情感。因為，他們的時間是用計算得來的。」最後，他們決定山盟海誓，在沒有人的見證下，互相承諾結為夫妻。

故事後來一波三折，發展出乎意料，羅蘭蒂娜的結局總算是幸福美滿。因此，這故事是說堅貞的人不怕是是非非，終能幸福美滿嗎？我不肯定，畢竟是是非非往往不講是與非、對與錯，而只講動聽與否，就像這個〈堅貞的羅蘭蒂娜〉的故事，記於《七日談》一書，是五男五女被困修道院之中第三天以作消遣的一個道聽途說。

90

提防自尊心

有說，萬惡淫為首，有人以為這「淫」是淫慾之意，而事實上，「淫」也指過度、貪婪，如《禮記》所記「非其所祭而祭之，名曰淫祀」，「淫祀」指的就是過多的祭祀。哪怕是再好的特質，淫於其中，也是會成為壞品質，例如自尊心。

自尊心，或許是人們力求進步的一種動力。然而，當一個人淫於自尊，卻未必是一件好事。英國作家柯伯德（Alfred Edgar Coppard，1878-1957）便曾經寫了一個關於自尊心的故事，題為〈五十鎊〉。話說，有一對戀人，男主角「手不停筆地寫，整天、整晚地寫，可是他的一切計劃總是化成泡影，早晨、中午、傍晚，都有他的稿子退回來，它們就像夏天的雪那樣不合需要」（但夏天的雪何以不合需要呢？），女主角見狀，便說要去找一份工作。

男主角萬般不願意，認為這是侮辱他，說他養不起她（而普通讀者如我，心想：對啊，你就是養不起她）。這逼得和藹的女主角憤然說道：「我沒跟你正式結婚。你有你的自尊心，可我不能因此挨餓。我也有我的自尊心。我是你的一個累贅。」

最終，他們達不到共識，男主角說了一句「那麼說來，你並不愛我！」而女的也無可奈何，定了出發到格拉斯哥工作的日子，而出發那天，也將會是他們分手之日。然而，就在此時，女主角得到了一筆意外之財，足夠讓處於1920年代的他們過一陣好日子。

為免傷害男友的自尊心，細心的女友沒有告訴他真相，而是扮作編輯郵寄了「五十鎊」給男友，以為男友收到錢後，就有理由把自己留下。豈知錢是寄出了，男友也肯定是收到，但他隻字不提，故作傷感的跟女友道別。

最後，女主角也「知道他不誠實，可是她不能因此得意，這樣會喪失她的自尊心。讓他把這種仁厚的、淒愴的神情保持到底，別管這神情是多麼假。」

找一個有自尊心的人，或許不難，難在找一個人既有自尊，而又不至於因自尊心，而沒掉了誠實的良心。

91

找到自尊心

上一篇談了一個因自尊而失去人性的故事，今天再談一個人性尋回自尊的故事。這故事由日本作家芥川龍之介所記，是他的創作，還是他道聽塗說而記下，不得而知，只知道這故事讀來，像一個山野間的民間故事〈鼻子〉。

話說，有一位僧人，他的鼻子無人不知，「足有五六寸長，從上唇上邊一直垂到顎下。形狀是上下一般粗幼，酷似香腸那樣一條細長的玩藝兒從臉中央耷拉下來」，僧人心裡雖然為了長長的鼻子而煩惱（因為鼻子長得他連飯也不能自己吃，要靠徒弟用一條木條撐著他的鼻子，讓他吃飯），但是僧人一直在人前裝出一副不介意的樣子，畢竟，他知道出家人不應為外貌而煩惱。

然而，知僧人者，莫過於徒弟。僧人的確「由於鼻子使他

傷害了自尊心才苦惱的」。於是，徒弟找到了一位名醫，指導他們將鼻子弄短的方法：「先用熱水燙燙鼻子，然後再讓人用腳在鼻子上面踩。」

為了尋回自尊，僧人放下自尊的讓徒弟用熱水燙他的鼻，用腳開始踩，然後，奇蹟來了！「踩著踩著，鼻子上開始冒出小米粒兒那樣的東西」，徒弟「用鑷子從鼻子的毛孔裡鉗出脂肪來。脂肪的形狀猶如鳥羽的根，一拔就是四分來長。」普通讀者如我，心想：僧人的鼻子大概是黑頭過多，發炎含膿而腫脹肥大吧！

無論如何，僧人的鼻子，真的變細了，出乎意料的是，從前長鼻子的僧人沒有引起別人的奇怪目光，反而現在，當大家遇見僧人的鼻子變短了，卻都忍不住笑起來。這又讓我想起，從前有一位禿頭的朋友，從認識他的時候，他已經禿頭，後來他植髮去了，我卻一直看不慣。

因為旁人的眼光，僧人的脾氣日益惡化起來，惡化至他也自覺自己的不是，希望鼻子能夠變回從前的形狀。故事來到一個轉折：有一天，他醒來時摸了摸鼻子，鼻子回復原狀，他自語：「這樣一來，沒有人再笑我了。」所以，我們可以怎樣贏到自尊？還原基本步，認識自己，接受自己，簡簡單單。

92

明白分手的推動力

人世間有一種巨大的力量，名為「分手」。分手時，我們無可救藥的悲痛，但痛定思痛，又會立下心志，要發奮圖強努力生活，有人專心事業要成為名人，也有人天天健身要減掉那給人嫌棄的大肚腩。反正就是要讓離開我們的人知道：我活得比你好！

分手的「勵志力」，千古不變，也讓我想起日本近代小說家幸田露伴（Kōda Rohan，1867-1947）所寫的一個故事。幸田露伴以仿古典體書寫著稱，經典作有《五重塔》、《命運》，而我想談的，是另一部，名為《一口劍》。

話說，著名的鍛刀工匠武藏守正光有一名徒弟，名叫正藏。正藏本是師傅的得意門生，但在老人家想傳授他風箱秘訣的那一年，正藏遇上了一位出身不錯的女子，二人兩

情相悅，最後決定離開阻礙他們相戀的城市，逃到鄉下結婚，過著平凡的生活。

說是平凡，實是貧窮。為了這段愛情，正藏放棄了前途，在鄉下打造鋤、鎬、鐮刀，而他的太太也放棄了千金小姐的生活，當上了天天給他賠罪賒債的太太。貧賤夫妻百事哀，正藏只會說些安慰妻子之話，而太太也忍不住尖酸刻薄，說正藏是一個不努力的「大肚公」。

在里長的推薦下，正藏突然有了一個機會：王爺命他打造一把寶刀，限時一百二十天，並先預付他白銀五十兩。妻子知道後，歡天喜地，唯獨正藏有苦自己知，他知道自己學藝不精，根本造不成一把寶刀，於是跟妻子和盤托出。妻子安慰說：「咱們手拉手的逃走，又費什麼事，有話等喝足了酒，再說吧」，而當正藏一覺醒來，妻子與五十兩白銀都不見了。

長話短說，分手後發奮，正藏從此不再答應給人打造一顆釘、一把小刀，專心一致，只為了那把寶刀。三年過後，正藏終於呈上寶刀，王爺甚是歡喜，笑說：「外形過美，反而令人放心不下，到底鋒利如何？」正藏聽罷，敲了一下自己的便便大腹，「朝這邊斬吧，保證一揮兩段」。看來，正藏終於出人頭地，但「大肚公」的心結，還在。

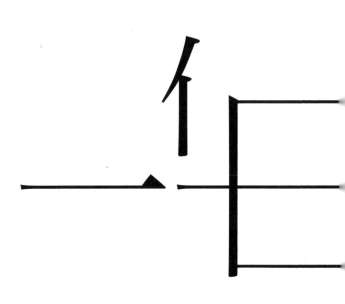

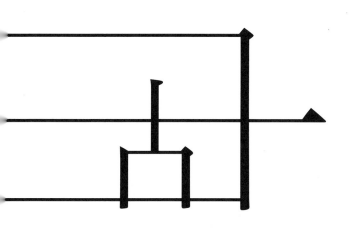

ANTON CHEKHOV

SCOTT FITZGERALD

ÉMILE-AUGUSTE CHARTIER

或許

93 ———————————— 99

HENRY-RENÉ-ALBERT-GUY DE MAUPASSANT

MARK TWAIN

chapter 9

將壞結果作為前提

藝術家注定要窮一輩子嗎？這問題或許伴隨著整個現代文藝發展史，就連美國小說家馬克‧吐溫也以此話題寫了一篇短篇《他是否還在人間》，而就像不少馬克‧吐溫的小說，敘事者往往以一個故事包裝另一個故事，而這次，故事由安徒生的童話開始：

從前有一個小孩，養了一隻小鳥。小孩很愛小鳥，但卻從來沒有理會小鳥的歌聲，也沒有好好照顧牠。小鳥又餓又渴，歌聲也變得淒涼而微弱，最後鳥兒死了。小孩十分後悔，含著淚水，把他的朋友叫來，為小鳥辦了一場盛大的葬禮。

故事如此突兀結束，敘事者又講了另一個故事，大概是這樣的：從前，有四個很窮的畫家，他們的畫畫得夠好、

夠多，卻賣不到好價錢。在山窮水盡時，其中一位忽發奇想，問同伴說：「（我們的畫）價值確實是大得很、高得很，如果能給它們安上一個鼎鼎大名的作者，那一定能賣到了不得的價錢。是不是這麼回事？」

同伴都說這個想法多麼顯淺，問題是：何來「鼎鼎大名的作者」呢？那人便說出了大概是這故事最多人引用的段落：「請你們注意人類歷史上這麼一個事實，就是許多藝術家的才華都是一直到他們餓死了才被人賞識的。這種事情發生的次數太多了，我簡直敢於根據它來創出一條定律。這個定律就是：每個無名的、沒人理會的藝術家在他死後總會被人賞識，而且一定要他死後才行。」

因此，他的計劃是「我們幾個人當中有一個要死去」。如是者，其中一名叫法蘭索瓦·米勒（Jean-François Millet，真有同名同姓的名畫家，也是故事的另一個吊詭）抽中了，他負責畫畫和裝死，其餘三人負責吹捧。在米勒的名字響起來時，他們宣布米勒的「死訊」。如此，米勒畫作的價格幾何式的倍增，而這一次「這一隻能唱的鳥兒可沒有白唱」，也不「只落得死了之後的一場無謂的盛大葬禮」。

在此，世界逼迫藝術家的壞結果，成為了藝術家成功求生

的前提，也成為了馬克‧吐溫的諷刺動力。我又想，幸好，這個故事點子沒有落在愛倫波的手上，否則，這想必是一宗三人殺害米勒的謎團故事⋯⋯

94

放心打呵欠

我認同一個說法：身體很誠實，但同時，不可理喻。胃部不適，會打嗝；皮膚遇到不潔的東西，就會敏感、紅腫；肚餓時，肚子就會叫，而且是持續不斷的叫。身體的誠實，就像一個不懂分寸的小孩，童言無忌，總是要揭露國王的新衣。其中，打呵欠，是讓人頭痛的。

從小到大，我就是一個容易疲倦的人，我的能量大概只能支持我六個小時的活動，而據我所知，一天是有二十四小時的。除了大量咖啡因的支撐，我奢侈地需要十至十五分鐘的午睡小休，以維持我下午的活動能力。然而，這些支援身體活力的方案，無阻我還是會不由自主的打呵欠。

我再次強調，打呵欠，是不由自主的。可惜，打呵欠的身體反應，被賦予了太多的文化意義。例如，打呵欠代表你

疲倦，於是旁人都會問候你是否昨晚休息不夠，還是近來失眠什麼的。

然而，我認為法國哲學家阿蘭（原名 Émile-Auguste Chartier，1868-1951）的說法是對的：打呵欠不是「疲憊的徵兆」，而是「由直率、毫無拘束的伸展所呈現的美麗生命力」，也是「透過深度地疏通體內的空氣，使人瞬間轉移了注意力和爭論點。透過這個有效的重整，人體放下思考，展現出對活著的心滿意足。」

打呵欠就是「展現出對活著的心滿意足」，但卻給人誤會為對某事某物欠缺興趣，甚至不支持的表現。其中一個最尷尬的打呵欠時刻，莫過於在會議中的呵欠。主席正在侃侃而談，我卻不由自主的打起呵欠來，又同時有意識地想將呵欠活生生的吞回喉嚨之中，而因此造成了一個面容扭曲的怪模樣。這時，大家都以為我藐視主席的話，還暗示會議的冗長。但，我只是純粹想打一個呵欠。

後來，我聽見一個說法，說打呵欠是動物間維持團結性的表現，所以有人會說打呵欠是會「傳染」的。換言之，當我見到、感到同伴打呵欠，自己也會不由自主的打起呵欠來，就像莫泊桑〈脂肪球〉的其中一幕：「不時有人打呵欠，幾乎有人立刻模仿起來，此起彼落；每個人依其性

格、禮儀教養及社會地位，或張大嘴巴發出聲音，或節制地張開嘴、隨即很快伸出手來遮住自己冒出水氣的大洞。」

我想，我們開會，或許要多一起打呵欠，以表示心滿意足，還證實團結一致。

95

散播謠言是愚蠢至極的邪惡

坊間流傳一個似是而非的說法，說相對於男性，女性在意伴侶精神上的外遇，多於肉體的出軌。言下之意，女性相對容易接受另一半的一夜激情，但卻不能容許伴侶動情，而男性的界線也清晰，就是不能容許伴侶所有形式的動情。

這想法對於性與愛的二分，以至當中的異性戀父權意識，顯而易見，我就不用多說了。但，還是要說的是，今時今日，居然會有人聲稱這樣的說法相當科學，說這是源於原始人時期，人類為了物種不至於滅絕，令男性可以極大化繁殖，而進化而來的集體心理意識。那麼，在這人口過剩的時代，人類的心理意識不是也應該進化，或進步一點嗎？

我好奇，這樣荒誕的謠言，竟然發展出一套相當完整的符號系統。於是，「綠帽子」彷彿只有男款，「紅杏」原來是雌性。這樣的出軌論，不知不覺卻又異常顯眼地滲進了文化，卻逃不出作家的法眼，尤其是對日常敏感的作家，例如契訶夫。

契訶夫有一篇小說叫〈郵局〉，故事發生在一個郵局局長太太的喪禮上。在喪禮上，出席者（全是男性）都惋惜花樣年華的局長太太早逝，並憶述起局長太太的動人美貌。然而，這樣的憶述卻彷彿激起了年屆花甲的局長的妒忌之心，竟然開始大談自己如何「用各種策略守住太太的貞操」。

各人起初嘗試避而不談，「富有表情地咳了咳嗽」，可是老局長還是沉不住氣的說出了他的巧計：就是到處散播「邪惡的謠言」，說自己的太太是眾人敬畏的警察局局長的情婦。如此，就沒有人敢惹上美艷的郵局局長太太了。

試想：在太太的葬禮上，一個丈夫竟然高談闊論如何守住太太的貞操，而且得意忘形，彷彿要悼念的只是貞操，而不是妻子。如果邪惡也是有分類的話，或許，這是愚蠢至極的邪惡。

當然，聰明的讀者到最後也會像故事中的出席者般問道：「那麼，你太太沒有和伊凡（警察局局長）睡過覺嘍？」

96

不要輕易自命懷才不遇

這世界真的有懷才不遇的嗎？或許有的。畢竟高手在民間，臥虎藏龍，有才之人遇不上機會、賞識，也不是不可能，但我更相信，「懷才不遇」只可以是蓋棺定論，而不可以是生活態度。否則，越有才，越想不通，生活得苦，也終究沒有辦法發揮自己的才。

當然，有不少成功人士都教導我們要進取，進取為自己尋找機會，進取表現自己的才能，但有時，懷才不遇，而找錯的方法進取，卻頓時成為別人眼中的滑稽。馬克‧吐溫便寫了一篇這樣滑稽的故事。

話說，主角是一位「前」參議院貝類學委員會的職員。為什麼要強調是「前職員」？因為這文章是他的辭職聲明。在這份名為〈近日辭職事件始末〉的聲明中，這位小職員

嚴謹的細說他在參議院貝類學委員會工作的六天中，遇到的不平事。

作為一名參議院貝類學委員會的小職員（而不是委員），主角去找了海軍部長，批判一支在歐洲的艦隊「悠哉遊樂」，逼得海軍部長命令他離開；主角又找上了戰爭部長，評論他「在大平原上和印度安人的作戰方法」，也令到戰爭部長以「藐視高層而下令逮捕」他。

這樣的事，一單接一單，主角「明白」到：「只要我依官方職權做任何事，似乎就必定會惹上麻煩」，因此，主角「可以明確地看出政府其他成員的意向，就是要阻止我在國事上發出一丁點議論聲，我因此無法繼續擔任公職並維護自尊」而宣布要辭職，還給財政部寄上了離職帳單，當中包括他跟各部長要求的諮詢費。問題是，除了他本人，其實，誰在意他辭職呢？

那麼，這是要教訓說我們不必進取嗎？也不是，但我堅持一個個人的原則：成為一個別人需要你幫忙的人，而不要硬要幫忙別人。懷才的人，真正要遇上的，不是表現自己的機會，而是可以幫忙別人的機會。別人願意請你幫忙，而你沒有幫倒忙，這就叫人心滿意足了。

97

期待死線

當我們不斷強調擁有想像力，是好好過日子的必要條件，其實，也必須要明白，想像力也造成壓力。想像力，可以成為壓力的能量供應商，因為當我們可以想像美好，同時，也可以想像敗壞。

有些人很厲害，可以好好管理想像力，因此他們一輩子只會承受皮肉之痛。對這些人來說，皮肉之痛，無可避免，刀切下來，皮肉就痛，但情感之痛，卻可以避免，因為那是一種選擇。他們聲稱，他們隨時都可以選擇開心，而不選擇擔憂。這是他們說的道理，而我認為這些人不一般，近乎不是凡人。而我，是凡人，常常不由自主的選擇了擔憂。

可以擔憂的事，可多了：那一份要一年之後才知道結果

的申請書；不知道什麼時候來電的家人身體檢查報告；下個星期要發生的，那籌備了半年的大活動；今天下午要在一班有識之士面前發表的演講，等等等等。凡是未知的事，凡是在等待的事，我都可以擔憂，而擔憂的重量與正在等待之事的數量成正比。

這樣的擔憂習慣，造成了日常的、日積月累的壓力，直至有一天，我讀到莫泊桑在〈脂肪球〉裡寫道的一句說話：「等待所產生的焦灼感，讓人期望著敵人早日到來。」莫泊桑煞有介事的以這一句話，完結這故事的第一章第一節，我知道，這句說話有它的分量。

我沒有辦法不想像事情的結果，也沒有辦法阻止自己在不少的情況下往悲觀裡想，於是，我的想像力，造成了我的壓力，但莫泊桑這句話，給了我一個啟發，也讓我找到了一個方法：期待死線，而不等待死線。

未來，總會來，事情，總會完結。如果現在與死線之間，就是我要承受壓力的日子，我沒有辦法拒絕壓力，那麼，我就盡可能推前死線，縮短現在與死線之間的距離。或許有一些死線，不能按我的心意改動，但至少，我知道那一條死線不可怕，因為我期待它，期待那一天之後的自在。

98

不隨便讓興趣成為工作

大概不少人都會在成長中聽過這樣的勸言：寓工作於娛樂，將你的興趣成為你的工作，就是一份理想職業。如果你沒有聽過這樣的警句，那麼，你現在也讀到了。你認同嗎？

寓工作於娛樂，驟耳聽來，是一件大好事，就這樣，工作不但不再是沉悶的事，還是我們對興趣的積極追求。我們不再輕率的踢球，而是以有規律的訓練來成為足球員；我們也不再是有感而發，才寫下一兩篇千字文，而是孜孜不倦的當一名作家。

但我又想，如果本來能夠緩解壓力的興趣，成為了我的工作，而當我這份工作帶來了壓力時，我又何以緩解呢？這不是一個假設性問題，而是一個書呆子，終於以書為業，成為了教師與作者之後的煩惱，恰巧也是一代幽默小

說家歐亨利的煩惱。

歐亨利曾經寫了一篇〈幽默家的自白〉，或許是他的夫子自道。話說，有一名二等筆記員，在機緣巧合之下發現了自己的幽默本能，總是能在說話「裡頭充滿了雙關語、警句和有趣的胡說八道，笑聲幾乎把房子都震垮了——這棟房子在五金批發業界，已經是非常堅固的了」。憑這結尾句，可想而知他的本事，而他也辭了工作，當上一名「職業幽默家」。

他的才能不但得到家人朋友認同，也得到專業編輯的肯定，給予他專欄，以及豐厚的稿費。幽默家很快抓到了訣竅，寓工作於娛樂，大量創作笑話，但在半年之後，他的「幽默靈感彷彿就此離開了」。幽默家的創作遇到了瓶頸，於是像「無厭的吸血鬼」，在朋友、妻子、兒子的日常中汲取靈感，他「開始販賣那些無知而幽默的珍寶，而那本來應該是用來豐富神聖的家庭生活。」他的朋友遠離他，他的孩子討厭他，而他，也無可奈何的責備自己。

最後，幽默家找到了出路，但那是否也算是一種方法，就有待諸君自行找來閱讀判斷。我只知道，這〈幽默家的自白〉收錄於歐亨利最後的一部小說集。

99

好好保存回憶

如果你有等待轉機的三小時，你會做什麼呢？在機場咖啡室喝一杯熱茶？打開手提電腦看一齣電影？浪漫的費茲傑羅（Scott Fitzgerald，1896-1940）便選擇讓他故事的主角，以〈等飛機的三小時〉回到鎮上，探望二十年沒有交往的兒時玩伴。

主角唐納，在機場的電話簿找到了兒時玩伴，也已是別人妻子的吉福德太太的電話和地址。通了一個電話後，唐納便從機場出發，去尋找他年輕時的戀愛對象。大門打開……

「您好？」
「您好。吉福德太太在嗎？我是她的一個老朋友。」
「我就是。」

費茲傑羅寫得太好了，二十年沒有見面，彼此都不認得。他們兩人聊了起來，說起各自的近況，「意識到彼此的改變，加上大膽的讚美，讓他們從支支吾吾的兒時玩伴，變成耐人尋味的初識者。」

男女、一室、夜裡、酒精、舊照片，再加上回憶，讓他們心動起來，也親熱起來，親吻了一陣子，幸好，還是冷靜下來。吉福德太太將焦點轉回往事，往事卻跟唐納的記憶有點出入，難道「不同的人對同一件事絕不可能有相同的記憶」嗎？

吉福德太太翻到一張「一個穿短褲的小男孩站在碼頭上」的照片，「那是你，馬上找到了！」她得意洋洋的笑著說。唐納看了看，卻說：「那不是我。那是唐納·鮑爾斯。」原來，此唐納不是彼唐納，主角是唐納·普蘭特，而吉福德太太心中掛念的卻是唐納·鮑爾斯。

人的距離，產生了回憶。這距離既是地域性的，也是時間性的，當中的關係，或者要物理學家才解釋得清楚，但我只知道，回憶的美，也往往在於它的遠、它的舊。

凡是拉近距離的發明，都有機會破壞回憶的美。在費茲傑羅的時代，有飛機，拉近了人；在我們的時代，有互聯

網，拉近了人。於是，在社交媒體上，當你突如其來的看到兒時夢中情人的名字，以及他或她的近照，回憶的美，或許會馬上幻滅。在這年頭，要保持回憶的新鮮，真難。當然，對方也是這樣想。

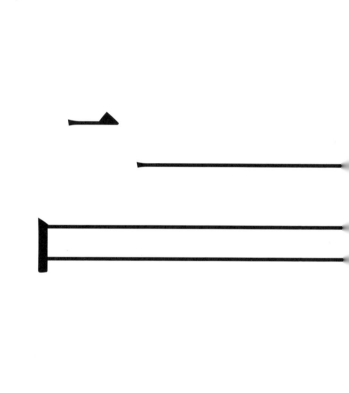

視覺文本　Vince Cheung @vincdesign （p.58, p.82, p.114, p.138, p.176, p.208, p.220, p.242, p264）

讓希望催促自己趕路

99個故事 99種生活態度

米哈 [著]

責任編輯	周怡玲
書籍設計	姚國豪

出版	P. PLUS LIMITED
	香港北角英皇道四九九號北角工業大廈二十樓
	20/F., North Point Industrial Building,
	499 King's Road, North Point, Hong Kong
香港發行	香港聯合書刊物流有限公司
	香港新界荃灣德士古道二二〇至二四八號十六樓
印刷	美雅印刷製本有限公司
	香港九龍觀塘榮業街六號四樓 A 室
版次	二〇一九年十一月香港第一版第一次印刷
	二〇二三年十一月香港第一版第二次印刷
規格	大三十二開（128mm × 200mm）二七二面
國際書號	ISBN 978-962-04-4575-0

ERTRUDE STEIN ERNEST MILLER HEMINGWAY EL
MUEL BECKETT HIGASHINO KEIGO HON LAI CHU
NICHIRO TANIZAKI C.S. LEWIS HARUKI MURAKAM
CIMAN BENEDICTUS DE SPINOZA FRANCOIS DE FE
ON ROTTERDAM PATRICK LAFCADIO HEARN JEAN
AUPASSANT MARGUERITE DURAS GUSTAVE FLAUBER
CON MIGUEL DE MOLINOS CARL GUSTAV JUNG VC
HESTERTON RAYMOND THORNTON CHANDLER PH
OMER ROLAND BARTHES FRANCOIS RABELAIS ANT
UYERE EDOGAWA RANPO GILBERT WHITE THOMAS
OLFGANG VON GOETHE JOHANN PETER ECKERMAN
IGUEL DE CERVANTES WILLIAM SOMERSET MAUGI
WIS RUBEM FONSECA AKUTAGAWA RYUNOSUKE M
MILE-AUGUSTE CHARTIER SCOTT FITZGERALDKOBA
RNEST MILLER HEMINGWAY ELIZABETH GASKELL
GASHINO KEIGO HON LAI CHU YANG JIANG XI XI WI
S. LEWIS HARUKI MURAKAMI KENZABURO OE PIERR
INOZA FRANCOIS DE FENELON MARIE-LOUISE VON
FCADIO HEARN JEAN AUGUSTE DOMINIQUE INGRES
USTAVE FLAUBERT VIRGINIA WOOLF GAICOMO LEC
ARL GUSTAV JUNG VOLTAIRE EDWARD BURKE CH
HORNTON CHANDLER PHILIP DORMER STANHOP LA
ANCOIS RABELAIS ANTON CHEKHOV MARK TWAIN
LBERT WHITE THOMAS PAINE PHILIP ROTH EDGAR A
HANN PETER ECKERMANN LEO TOLSTOY CONAN L
ILLIAM SOMERSET MAUGHAM KAWABATA YASUNA
UTAGAWA RYUNOSUKE MARGUERITE DE NAVARRE A
COTT FITZGERALDKOBAYASHI TAKIJI TEZUKA OSAMU
IZABETH GASKELL UMBERTO ECO KUNIKIDA DOPP
ANG JIANG XI XI WILLIAM SHAKESPEARE NATSUME K
ENZABURO OE PIERRE ABÉLARD LEUNG PING KWAN A
ARIE-LOUISE VON FRANZ LUCIUS APULEIUS ERASMU
OMINIQUE INGRES HENRY-RENÉ-ALBERT-GUY DE M
OOLF GAICOMO LEOPARDI SHUSAKU ENDO FRANC
WARD BURKE CHARLES LAMB JACQUES DERRIDA G.K.
ANHOP LAWRENCE BLOCK HONORÉ DE BALZAC HC
ARK TWAIN BRET HARTE AÍSÔPOS JEAN DE LA BRUYER
OGAR ALLAN POE WILLIAM COLLINS JOHANN WOLFC